我們的
重
生
木緒なち
繪者 えれっと
Kionachi / Illustration Eretto
橋場恭也
08
Remake our Life!
Let's time-travel to 10 years ag
and reenjoy creative
and sweet youthful days.

我們的重製人生

Remake our Life!

Let's time-travel to 10 years ago and reenjoy creative and sweet youthful days.

作者：木緒なち
插畫：えれっと

橋場恭也

08

「呼啊，前輩，不好意思……
人家還是很睏，
在到站之前肩膀借人家靠一下……」

「咦，不、不會吧？」

啊啊啊啊啊啊啊啊啊!!」

「不會吧啊啊啊啊啊啊

人物介紹
KYOUYA HASHIBA
橋場 恭也
KOH MATSUHIRA
茉平 康
SHINO
志野亞貴

河瀨川 英子
RIO TAKENAKA
竹那珂 里櫻

我們的重製人生 08

橋場恭也

Remake our Life!
Let's time-travel to 10 years ago and reenjoy creative and sweet youthful days.

Contents

序章　FLAG

二〇〇八年，二月。即將進入寒流高峰的時期，我來到大阪市中心的東梅田。相較於餐飲店和服飾店較多的心齋橋，梅田附近的大企業較多，更有眾多ＩＴ界的知名公司。

窗外呈現大樓林立的風景。雖然相比東京有點落差，但大阪依然是雄偉的大都市。讓我覺得置身於這座都市的自己很缺乏真實感。

「那就開始吧。」

我在牆壁與地板一片純白的房間內。坐在椅子上，聲音有些嘶啞地回答一聲「好的」。我感到喉嚨乾渴，想喝點水。

（無論如何……都會緊張呢。）

在我面前，三名男性並坐在橫放的會議桌旁。左右兩人都穿著西裝，而且表情嚴肅。

（希望沒有得罪他們。）

進入房間時的舉止，低頭的角度，以及一開始的問候都沒問題……應該吧。所以他們的嚴肅表情應該是標配。

但我還是忍不住覺得，這種場面不是好現象。萬一我已經犯下重大過失，只是他們沒開口的話該怎麼辦。

「首先能不能告訴我們，你應徵的動機呢？」

坐在正中央的大叔——應該說大哥的微胖男性笑瞇瞇向我開口。他並未穿著西裝，而是ＰＯＬＯ衫與牛仔褲便服。

「是的，我呢——」

我拋開無關的想法，開始陳述之前構思的原因。

之後三人又問了我一些問題，沒有哪一題能問得我答不出來。反而有不少問題很容易回答，例如在學校內製作的作品等。

總計七項問題，全部問完之後，

「就這樣，感謝您的配合。」

大哥如此表示，兩側穿西裝較可怕的人便默默起身，迅速離開房間。結果兩人從我開口之後一句話也沒說，他們究竟為什麼在場呢？

（或許這也是一種慣例。）

有些大公司會規定，面試的時候一定要有人在場。

所以他們可能是被迫陪同的。這麼一來就可以明白，為何他們始終一臉不悅。

（在這種大公司真的沒問題嗎……）

就在我有點擔心，自己會不會連打工仔都當不好的時候，

「啊，最後可以再問一個問題嗎？」

「好、好的。」

剛才的微胖大哥突然開口。

「橋場同學……你喜歡玩遊戲嗎？」

「咦……？」

為何會問我這種問題呢，我心想。

畢竟我來這間公司面試，肯定不會討厭遊戲。當然我也聽過可怕的業界祕辛，例如製作過程很辛苦，或是因為各種因素導致無法製作原本要做的主題。

不過比起這些事情，

「是的，我喜歡。」

我對遊戲的喜好十分強烈，強到我可以堅定地如此斷言。

如果動機輕率，隨隨便便的話，我根本不會來這裡面試，也不會從十年後的世界回來。

聽到我的回答，大哥微微一笑，

「原來如此，這樣非常好呢。」

然後對我點點頭。

◇

時間回到去年年底，二〇〇七年十二月的時候。

加納老師找我過去一趟。我在已經熟悉的影傳系研究室內，與熱咖啡面對面。

「抱歉每次都喝同樣的東西。要不要烤個年糕？」

「啊，不用麻煩沒關係。」

雖然每次都是同樣的飲品，但如果在研究室提供烤好的年糕，那就和學生宿舍沒兩樣。不過加納老師以前念書的時候，似乎還會和老師一起吃火鍋。

「最近情況如何，還是一樣忙碌嗎？」

老師輕巧地端起熱咖啡，同時詢問我。

我也同樣端起咖啡，回想自己現在的情況。

大藝大和其他大學一樣，一、二年級修完幾乎所有共通科目的學分後，三、四年級會分成兩部分。一部分學生會集中創作專攻科目的作品，另一部分則會專心打工或求職。

普通大學畢業時要交論文，這間大學則是要拿出畢業作品。影傳系的畢業作品不論系內系外都受到矚目，甚至有導演直接在電影祭上獲得拔擢，進入業界。

由於時間和內容不像之前受到限制，這種環境下容易誕生大作。也有不少學生認為「這才是重頭戲」而努力準備。

但也有像九路田這樣的人，一、二年級很快就達成目標。也有人從一開始就在業內現場工作。這些人就會輟學，或是對畢業作品不太用心。

至於北山團隊的成員就是屬於後者。他們努力的目標並非畢業作品，而是針對各自的活動。

其中的我，

「目前……什麼也沒做呢。」

從入學以來，首次過著『什麼也沒做』的日子。

原因我心知肚明。因為之前的生活緊湊得就像打仗。所以學園祭影片對決的結果出爐，再加上之後的一連串經過，導致我呈現某種放空狀態。

「我有想過做些什麼，但目前還沒確定。」

另一個原因，則是我在煩惱今後的出路。

「原來如此，這個原因在目前的時期非常能理解。」

老師並未嘲笑或斥責，靜靜地喝了一口咖啡後點頭。

志野亞貴接到來自業界的插畫工作，奈奈子正式以歌手的身分活動，貫之則獲得新人獎。

他們已經開始進入下一階段。接下來和我的距離將會愈來愈遠。但我如果只露出羨慕的眼神，對我一點幫助也沒有。

所以我自己也要再次轉型。

「某種程度上我已經找到自己想做的事情了。這兩年間我也逐漸明白自己究竟懂得什麼，以及不具備什麼技能。」

「是嗎，那麼你的下一階段，就是將想做的事情付諸實現吧。」

「是的。可是……我沒有門路，不知道該怎麼做。」

之前總會明確存在「行動的原因」。

為了讓奈奈子的才能綻放；籌措貫之的學費；激發志野亞貴的熱情。針對這些目的，有學園祭、同人遊戲，以及大學作業這些絕佳的表演舞臺。

可是大家已經不再聚焦於大學的製作上。變成我一個人留在半路上。

創作作品的時候，最重要的，也是最困難的，就是提供場所。

為了學會這一點，我需要透過實踐。

「老師說說我自己的看法。」

老師放下咖啡杯，緩緩手扠胸前。

「橋場你屬於萬能型人物，能當導演，也能當製作人。不過你身邊有這麼多優秀人才，我建議你專心當指揮官，如何？」

我用力點點頭。

「是的，我自己也這麼想。」

之前是因為有必要，我才會深入特定方向行動。可是今後我想置身於更能俯瞰大局的立場。

那是我在一開始十年後的世界中，想做卻做不到的事情。

「是嗎，那就好辦了。」

「咦？」

在我問這句話是什麼意思前，老師先站起身，拿起桌上的資料。然後隨手放在我面前。

「以前我說過，我曾經製作同人遊戲吧？」

我點頭同意。記得老師的確講過這句話。不可思議的是，我居然想不起細節。

「當時的朋友如今在遊戲公司任職，不時問我有沒有合適的人才。所以我實際上也向一直幫他介紹。」

「請問老師的意思是……」

我拿起資料，瀏覽寫在封面上的文字。

「沒錯。橋場，想不想在業界工作看看？」

這是千載難逢的好機會。

老實說，我早就知道就算繼續在大學念書，也很難學會我渴求的技能。所以老師的提議正中我的下懷。而且還是我特別感興趣的遊戲公司工作。要找理由推辭反而比較困難。

「不過……我真的可以去應徵嗎？」

我心生疑問。雖然我在製作方面的技能是十年經驗與知識，但是從外表很難看出來。

如果是透過老師的人脈介紹，有可能因為能力不符而造成對方困擾。所以這一點我想先弄清楚。

「難道你以為是老師靠關係，幫你安插職位嗎？」

「不，絕對沒有。」

老師似乎早就看穿了我的想法。

「我朋友是看了你們的作品，才指定要橋場你。意思是他認可了你的工作與力量。」

出乎意料，應該說感到驚訝。

我既不會畫畫，也不會寫劇本，更遑論作曲。不，連導演的細節也借用河瀨川不少力量。

在世人眼中，我就是「不知道究竟做了什麼，卻出現在工作人員名單上」。可是對方卻指名要我去，真是太感激了。

「既然是這樣的話……就拜託老師了。」

「嗯，那就決定面試的日期吧。稍等我一下。」

於是老師迅速聯絡該公司的朋友，很快就幫我決定了面試日期。

願望成真雖然值得高興，但目前終究是對我有期待，才會找我面試。不如說接下來才是重點，想到這裡我便感到緊張。

◇

今天我依照預定行程，前去接受面試。原本幾天後才要公布結果，結果當天就通知我合格，隨後我搭電車回家。

中途從阿部野橋站轉乘南大阪線時，加納老師打電話給我。由於時機湊巧，於是我躲到旁邊以免擋住別人，同時向老師報告今天的情況。

「多虧老師的幫忙，應該能順利開始工作。謝謝老師。」

結果我通過了面試。對方還告訴我何時開始上班，確定我成為公司的一份子。

「不用道謝。其實這是對方主動開的口。」

總覺得電話另一頭的老師，語氣聽起來十分開心。

「你知道一般在那裡兼職的面試成功率有多低嗎？」

對於老師的問題，我回答「不知道」後，

「兩百五十分之一。三個職缺來了將近八百名應徵者。要仔細審查作品、審查文件，然後再面試兩次。和應徵正職沒兩樣了。」

「原來競爭這麼激烈啊……」

考慮到公司規模雖然有可能，但我沒想到錄取率這麼低。我再次體會到自己受到的待遇有多麼優厚。

「你可是大公司點名面試的人呢，所以可以對自己更有自信一些。」

「這怎麼好意思呢。」

「我就知道你會這麼說。總之你好好在那裡學習技能吧。肯定能遠遠甩開在這段時間玩樂的人。」

老師向我舉了幾個例子，說明以前有人透過這份兼職轉正。還告訴我以此為契機，「尋找自己想做的事情」，然後掛掉電話。我盯著手機，同時嘆了一口氣。

電車駛進月臺，我一邊回想今天的事情，跟著上車搭乘。許多穿西裝的乘客感覺正下班回家。我將這些人的身影和自己以前的模樣重疊，沉浸在不可思議的感覺中。

現在當然不比以前，但終究踏入了職場。當時我在黑心公司與惡劣環境中掙扎，這次的舞臺會有什麼不同呢？一半不安，一半期待的情緒交雜，試圖控制我的頭腦。

電車行駛在夜晚的南大阪線上。在越過大和川之前，窗外還有燈火燦爛的街景。不過隨後就變成零星燈火，目前則陷入一片漆黑。

◇

從喜志站搭乘公車，回到熟悉的共享住宅時，天色已經完全黑了。我掏鑰匙打開正門後，見到廚房有個嬌小的背影。

「我回來了，志野亞貴。」

轉過頭的嬌小身軀跟著面露微笑迎接我。

「恭也同學，歡迎回來～」

客廳的被爐上放著四方形的小素描本。是志野亞貴畫草稿時一直使用的。

「正在工作嗎？」

「不，剛才草稿大致上完成了，正準備休息一會。恭也同學你也要喝茶嗎？」

「謝謝妳，那我也來一杯。」

我點頭示意，坐下來後不久，茶便輕輕端到我面前。冰冷的手一摸，頓時感到十分溫暖。

「面試順利嗎？」

「嗯，聽說通過了。決定從四月開始上班。」

志野亞貴的表情頓時綻放笑容。

「太好了，恭也同學果然好厲害～」

「沒有啦。很大的原因是拜託老師順勢介紹。」

實際上，事後才聽老師提到競爭率應該是對的。要是我在面試前就先得知，可能會更加緊張，什麼都答不出來。

「志野亞貴妳呢？還順利吧？」

目前她正專心製作首次接到的商業插畫工作。

「嗯，角色設定應該不久就有機會過關了。搞定之後，呼啊……就是最後階段了呢。」

她打了個大呵欠，並且向我報告進度。

「還好吧？看妳好像沒什麼睡。」

志野亞貴一直認真地專心趕工。

「嗯，或許有一點疲勞吧。不過……」

她的嬌小雙手在胸前緊握，

「我想趁還能努力的時候加油。目前正是時候，我想努力拚一拚。」

「是嗎，真讓人期待呢。」

與九路田製作動畫，以及之前製作同人遊戲時也一樣。她對自己的創作相當執著，而且頑固。甚至讓人懷疑，她的嬌小身軀是如何潛藏這麼龐大的力量。

「不知道這樣的生活還能持續多久呢。」

志野亞貴環顧共享住宅的天花板，喃喃自語。

「是啊……究竟能持續到何時呢。」

大學生活已經到了折返點。一、二年級還懵懂無知，天天都有新鮮的驚奇。所以覺得時間過得很慢，活動也多得應接不暇，日常生活忙的人頭昏眼花。

不過接下來的時間應該會飛快流逝。相較於習慣的事物，時間不會給我們太多玩味的機會。就像融化般瞬間消失無蹤。

所以我猜，住在這裡的時間應該不多了。

在離開之前，我得找到下一條道路，否則我會與他們完全分道揚鑣。

「那我就再去努力一下囉。」

稍微伸個懶腰後，志野亞貴起身。

「嗯，加油喔。」

「恭也同學也是。疲勞的時候要睡覺喔。」

一如往常，她擔心別人多過關心自己，然後便回到二樓。

在空無一人的客廳內，只有時鐘的聲音響起。

短短兩年。在這段時間內，四周產生了天翻地覆的變化。

我的環境也即將產生重大改變。

「進入得勝者軟體公司，是嗎。」

得勝者軟體公司。十年後的世界，我在深淵掙扎的時候，見到Nico生放送華麗公布新作消息。回想起來，我的世界就是從一個天一個地的對比開始。

我原以為自己根本沒機會進入嚮往的大企業，參與萬眾矚目的大型企劃。也沒有機會接觸年紀相仿，卻在遙不可及之處的白金世代創作者們。

如今我與幾位白金世代的創作者成為相互信任的好夥伴，製作受到矚目的企劃。並且也伸手觸及得勝者軟體公司。

「我來到……這一步了呢。」

我反覆握拳又張開掌心。目前還缺乏實際感受。從十年後開始重製人生，如今終於見到了車尾燈。

可是這樣反而危險。畢竟這條脆弱橋梁只要走錯任何一步，的確就會崩塌。我曾經踩壞過一次。雖然發生奇蹟，得到重新改變想法的機會，但不知何時我會再度犯錯。

這並非成功。而是終於剛過距離成功還有好一段距離的入口。

「我必須追上大家才行。」

我緊緊握住張開的掌心，並且使勁。

不論貫之、奈奈子……以及志野亞貴。大家已經開始掌握某些朝未來發展的關鍵。原本即將崩塌的道路，如今清楚地指向彼端。

所以現在輪到我了。

我還不知道前往職場究竟能做什麼，以及能發現什麼。但是我必須發現。從中選擇下一條道路，並且採取行動。否則和大家同甘共苦的未來將無法存在。

尋找自己想做的事情。老師在剛才的來電最後這樣告訴我。與其在桌上，在床上左思右想，動手去做才是最有效的方法。所以真的很感激老師的幫忙。

「我會找到的。」

我再次張開緊緊握拳的手。手中將會掌握某些事物，並且連結至下一個目標。正因為不知道，才會覺得有趣。

◇

小心翼翼確認登上階梯的每一步後，我進入住慣的共享住宅房間。一開始感到不對勁與神祕感的房間，如今已經是自己不折不扣的堡壘。

我放下包包，脫掉上衣後，靜靜打開壁櫥。

貼在裡面的眾多便利貼之中，添加了新的項目。雖然要實現相當困難，卻絕對有必要。

以前我以為這是掛名的職位，擔任的是不知名的大咖人物。

不過實際上，也有很多人忠實執行這項職位。他們是優秀的指揮官，具備寬廣的視點，想法不受束縛，思考各種方法後挑選最佳選項。

我從黯淡，差點失去希望的未來，回到光輝燦爛的過去。如今我再次與這份工作相遇。從杯水車薪、勢單力薄的萬事通成為導師，為大家邁向的目標架設橋梁。

我帶著羨慕，以及下定決心的眼神，再次凝視寫在便利貼上的職業。

『橋場恭也，以製作人為目標。』

第一章　GUILD

四月，進入新年度的時期，我們的生活也出現了一些變化。

九路田成立的劇場版動畫製作現場，很快就開始製作大型企劃。確定擔任企劃主軸的齋川美乃梨幾經煩惱後，決定搬離共享住宅。

「真的很抱歉，其實我很想一直住在這裡。」

沒辦法，她頂多一星期回來拿換洗衣物，其他時間一直住在商務旅館或攝影棚。如此自然會考慮搬家。

「會選擇搬家，代表齋川妳的成長喔。」

走向製作動畫的道路，某種意義上是與她最喜歡的志野亞貴分道揚鑣。她認真走上這條路的結果，是決定另尋新居。

「隨時都可以來玩，等妳來喔～」

「嗚、嗚嗚，亞貴學姊要是這麼麼說，我會不想搬出去啦～」

摟著志野亞貴哭得淚眼汪汪的她，讓我覺得她還十分孩子氣。

不過我聽九路田說，齋川正以驚人的氣勢成長。再過不久，她肯定能成為驚人的創作家。

希望到時候，她嚮往的志野亞貴能反過來受到她的影響……這是最好的。

（希望那一刻能夠到來，齋川。）

於是在邁向新年度的三月底，齋川搬離了共享住宅。

在我覺得共享住宅一下子變得冷清的時候，

「我想搬到這間房間，用來寫作。」

簡直就像看準了時機，原本住在這裡的貫之找我商量。

「原則上早上我會來這裡工作，週末則在自己的住處度過。我想找房東商量，如果沒有其他人要搬進來，那我就立刻簽約……如何？」

我當然沒有理由拒絕。

「不過怎麼突然這樣要求？之前你都在住處寫作，我還以為你會一直寫下去呢。」

對於我的問題，貫之難為情地抓抓頭，

「沒啦，我要是待在住處，小百合姊就會一直多嘴。這讓我很難找到時間集中精神寫作。我之前也嘗試過窩在咖啡廳或芳鄰餐廳，但始終不順利。」

這理由非常合理。

「不過這樣沒問題嗎？她不會像之前一樣追來吧？」

「啊，這一點不要緊。我會每個小時傳一封簡訊給她。」

即使他說不要緊，總覺得他很受到束縛呢……

總而言之，我們再度回到四人的生活。

◇

我們影傳系沒有人留級，所有人都升上三年級。根據系上張貼的公告，每年都有兩三人在大二的時候留級，代表我們這一學年相當優秀。

「不過真是差一點耶？還好我的成績優秀，才勉強度過難關。」

吃早餐的場合上，貫之苦笑著說。

「對啊。以結果而言，就像之前的『儲蓄』發揮了效果。」

我點頭同意，同時想起加納老師說的話。

不用說，貫之休學期間完全沒出席，也沒交過任何作業。

一般而言，就算恢復學籍也很難獲得學分。但是貫之以前表現與成績優異，幾乎所有科目都獲得了補救的機會。

完整提交報告與作業的結果是，

「順利升上三年級了呢，真是了不起。」

志野亞貴一臉佩服地表示。

「因為有大家的幫忙啊。我當然不能留級囉。」

貫之難為情地抓抓頭。

「總覺得貫之也變了呢～居然這麼老實表達感謝。」

奈奈子笑瞇瞇看著貫之。

「人是會變的好嗎，反而妳一點也沒變呢。」

「我、我也稍微在改變好嗎！找我唱歌的人愈來愈多了呢！」

今天的餐桌和往常一樣熱鬧。

貫之一開口，奈奈子就調侃。志野亞貴則笑瞇瞇地看著兩人鬥嘴，不久後我勸阻兩人。

不過大家已經和以前不一樣了。

「我吃飽了～那麼我回去工作囉。」

「嗯，我也要繼續寫初稿。」

「我也得回覆合作企劃的委託了！」

大家收拾好自己的餐具後，分別回到自己的房間。

「那麼我出門了。」

只有我一人前往學校。在大家的「路上小心～」歡送下，再度過著學生的日常生活。

志野亞貴正式接受輕小說的插圖工作，目前正在設計角色。奈奈子收到大型合作企劃的委託，正忙著與對方聯絡，以及創作原創歌曲。貫之則針對輕小說作家出道，集中精神修改原稿中。

當然他們也會來上課。不過考慮到自身的創作進度，能出席的日數不多。如此一來，就不像以前一樣大家一起上學，也愈來愈經常分頭行動。

那麼至少一起吃早餐吧。不知道誰先開口的這項決定，反而顯示了大家的時間愈來愈難湊在一起。

「又不是家人，這不是當然的嗎？」

鋼鐵直女河瀨川英子一句話，否定了我的感傷之語。

「沒啦，理論上我都然知道，但還是有寂寞的感覺吧？」

「拜託，我們是來這邊念書的耶。如果想建立親密的小團體，一開始就該選擇這種社團或大學吧。反而大家各走各的路，不是好現象嗎。」

其實她說的也對。但我們只是下課後順道前往餐廳用餐閒聊，何必這麼嚴肅呢。

（說起來，這番話很符合她的個性呢。）

河瀨川其實很明白，我是以什麼樣的心情對待共享住宅的大家。

所以才會對我示弱的部分毫不留情吧。

「橋場，如果想在一起的話，倒是有個好方法！」

和我們一起用餐的火川突然開口。

「方法？什麼方法？」

「只要和奈奈子或志野亞貴其中一人交往就行啦。」

「噗!!」

我和河瀨川同時嗆到。

「哦，你們兩人怎麼啦？」

「還不是因為你哪壺不開提哪壺！」

「對啊！火川，你的神經真的很大條耶！」

即使我們異口同聲反駁火川主動挑起的話題，

「咦，是嗎？可是我們的大學生活已經過一半了耶？考慮到將來的出路，現在該開始思考這些事了吧？」

「唔……」

這次換我和河瀨川同時語塞。

說起來的確是這樣。

我們都是成年人，即將面臨思考出路的時候。如此一來，無論如何都會想到今後的人生規劃。

之前因為太專注於創作而沒想過。但是今後得認真面對交往或結婚等話題。

火川剛才那句話其實也不算太突然。

「這、這種以交往為區分的想法早就落伍了，我實在跟不上。」

「哈哈，河瀨川給人的感覺就是這樣！畢竟妳喜歡工作嘛！」

「別胡亂想像好不好！」

在火川與河瀨川鬥嘴時，我想起共享住宅的大家。

姑且不論即將與小百合小姐結婚的貫之，奈奈子已經明確對我表達過好感。我認為目前還不是時候，奈奈子似乎也說過類似的話。但是具體而言，還沒有決定『到時候』究竟是何時。

至於志野亞貴，自從前年的學園祭急遽拉近距離以來，我和她的感情沒什麼進展。雖然她逐漸會聊起自己，而我則緩緩縮短與她的距離。但這並非以戀愛為主軸，而是基於個人之間的信賴等關係。

目前眾人都在面對創作這個重要課題。但如果達到某些成就，或是陷入瓶頸的話，突然聊起與心情有關的話題是很正常的。

不論奈奈子或志野亞貴，我和她們的關係都有可能在隔天迅速變化。

「怎麼在發呆啊。」

「噢，沒啦，沒什麼。只是稍微想些事情。」

「嗯……」

河瀨川明顯地冷眼看我。

沒錯，一想到十年後的事情，我和她目前的關係都有可能出現重大變數。不過目前她的堅強意志讓外表看不出變化。

總而言之，我目前似乎處於不能粗心大意的情況。想當初我既沒有女朋友，也沒有女性朋友，甚至沒有工作。如今的美好境遇簡直是一個天一個地。

「反、反正目前什麼事情也沒有，嗯。」

我有些慌張，應該說相當緊張地回答後，

「是嗎，總之男女交往很棒的喔！希望你們也趕快找到好對象！」

火川還是一樣口無遮攔，同時哈哈大笑。

他這麼大大咧咧是有原因的。最近他與同為忍者社的學妹開始交往，一有機會就向朋友聊起自己的戀愛經。

（大家都逐漸改變了呢。）

河瀨川已經在製片公司兼職助理導演。至於之前不情不願接下的大藝大小姐活動，也在（抱怨中）進行。

火川似乎也開始往來於他朝思暮想的工作室。那間工作室專門處理動作電影的特效等方面。大家都開始朝自己的路邁進。

包含早一步踏上大舞臺的九路田與齋川，大藝大的眾人都逐漸採取行動。

「橋場你要進遊戲公司嗎？」

河瀨川再度詢問我。之前我已經透過電話，向她大致提過這件事。

「嗯，是得勝者軟體公司。透過老師的介紹，從下星期開始。」

「哦，很強耶！聽說那間公司從美少女遊戲進軍家用機遊戲市場，很有野心呢！」

火川感到驚訝。沒錯，這時候的得勝者軟體正逐漸從中型公司發展成大型企業。

「是嗎。我幾乎沒接觸過遊戲，記得告訴我各方面的感想。」

我也點頭同意河瀨川的提議，

「嗯，我也想聽聽製作電影的事情，到時候來交換情報吧。」

今後的未來，大家會有什麼樣的發展呢。心中帶著期待與不安，我們開始邁向下一個階段。

◇

週一上午，我搭乘電車前往大阪的市中心地區。

大阪市中心對大藝大的學生而言較為陌生。因為去玩的話以心齋橋或難波為主，從東梅田往南，到淀屋橋或本町一帶則是明確的商業區。如果不是為了求職，一般不會來這裡。

所以自從上次面試，第二次來到此地的我完全迷了路。

「上次來的時候明明很順利……啊，是這裡。」

好不容易才找到上次來過的大樓。總共十層，其中五層是得勝者軟體公司。

搭電梯前往三樓的櫃檯。一開門便發現面前有一扇很大的玻璃門，上頭繪有得勝者軟體公司的標誌。

得勝者軟體公司自從創業，總公司就一直位於大阪。不過二〇一二年為了擴大業務，在東京自己蓋了一棟大樓，總公司跟著搬過去。大阪則關閉研發部門，改為以營業為主體的分公司。

根據遊戲雜誌與網路的資訊，得勝者軟體公司分為『大阪時代』與『東京時代』。公司的作風在兩個時代轉變很大。在東京時代，職員多達兩千五百人，毫無疑問是大公司。相較之下在大阪時代，職員才三百人左右。推出的作品大多偏向小工作坊，或是大學社團的規模。

公司原本從製作美少女遊戲起家，也經常與玩家交流。如今由於安全問題而難以想像，但公司還是會招待直接拜訪的玩家進入研發部，在官網等平臺上傳格鬥遊戲對戰的過程。

不過玩家之間都有共識。大阪時代的公司更有研發遊戲的熱情，以及期待新作誕生的感覺。

而我現在即將進入這片傳說中的地方。

（比上一次還要緊張……）

我反覆深呼吸，鼓起幹勁說了一聲『好』，然後開門。

櫃檯沒有人，要以設置的內線電話連絡。

「我看看，二二〇〇。」

我按下寫著『研發部』一旁的內線號碼，將話筒置於耳邊。

隨後便傳出聲音。

「呼啊，這裡是研發部……」

「咦？」

從話筒傳來明顯愛睏的聲音。

「不、不好意思，我是從今天開始打工的，我叫橋場。」

總之我先問候，

「打工的嗎？啊，那可以進來囉。從門口右轉一直往後方走到底，就是研發部了～」

「好、好的，我知道了。」

我回答後，對方立刻掛斷電話。

「剛才那是怎麼回事啊……」

今天是星期一，而且現在是上午。正常來說是假期結束後的上班日，這時候應該正忙碌。

但是剛才接電話的人顯然還沒睡醒。雖然也有可能只是作息不良，不過更有可能是，

「昨天也上班，然後直接在公司過夜嗎……畢竟是遊戲公司。」

一邊感受黑心公司的氣氛，我緩緩走進工作區內。

室內空調很強，略帶涼意，不會感到很難受。離門口不遠的區域應該是營業部，大半職員不是在講電話就是以鍵盤打字。這一區簡單明瞭，很有辦公室的感覺。

接下來則是廣告部。這裡的氣氛不像營業部那麼劍拔弩張，但似乎是負責銷售通路，還有堆積如山的雜誌校正用紙。讓人實際感受到身處業界之中。

我快速穿過身旁忙著工作的職員，以免妨礙他人。不久便抵達氣氛明顯不一樣的地方。

「這裡就是研發部嗎。」

以大片長隔板區分的部門，位於最後方。這片區域就是研發部。

氣氛感覺很奇特。繪製角色的掛軸分隔每一張辦公桌，完全沒有普通的隔板。地

上放著睡袋，到處都傳來睡著的呼吸聲。其中有幾人對此情況絲毫不為所動，默默地專注在自己的工作上。

（最好別打擾他們吧。）

一旦開口顯然會打斷他人的專注，於是我欲言又止。

可是繼續乾耗下去，就沒有人委派我工作。

「這個……」

於是我下定決心，向身旁正在繪製3DCG背景的人開口。

就在下一瞬間。

「咿……！」

突然有冰涼的東西抵住了我的背。

「這是槍，緩緩舉起手來。」

冷淡的聲音從身後傳來。

咦，怎麼回事？這年頭還有恐攻嗎？不、不對，我怎麼不記得大阪的遊戲製作公司裡，會有恐怖份子拿槍指人啊。

在我即將搜尋腦海裡的記憶時，背後的人繼續開口。

「你有選擇的權利。是現在立刻投降，還是人生就此畫上句點。」

這當然不是什麼選擇的權利。如果我是武術高手，或許有可能迅速抓住身後的槍，扭住對方的手臂。不過很可惜，無論過去或未來的我都從未學過這種技巧。

「我、我投降，投降。」

在我放棄抵抗，開口的瞬間。

「好了啦，到此為止吧。」

一個人影從柱子後方來到我的面前。

對方留著十分適合的短髮鮑伯頭，身材苗條又秀氣。一瞬間我以為他是女性……

不過披著外套的他顯然是男性。

然後面前的人，

「拜託，堀井先生怎麼這樣，嚇到新人了啦。」

苦笑著開口。

「抱歉抱歉，有新人來太高興了，才會忍不住開玩笑。」

身後的冷酷聲音突然變得開朗又悠哉。我驚訝地回頭一瞧，才發現。

「啊，您是之前的……」

面試時有一面之緣，研發部的人笑瞇瞇地向我伸出手。

「嗯，我是研發部長堀井一久。請多多指教啊，橋場。」

握手的同時，我被突如其來的小插曲玩弄於股掌間。

◇

簡單寒暄了幾句後，我們便來到會議室。

「這是新人加入時的入門儀式……是嗎。」

「沒錯，從很久以前就固定上演了。」

得勝者軟體公司的研發部原本從同人遊戲的製作團隊起家，重視時髦與玩心。剛才對我的驚嚇惡作劇似乎也是以前的習慣。

「以前甚至還化裝成僵屍迎接呢。結果嚇哭了前來的新人，所以才稍微降低一點尺度。」

「到底有多真實啊……」

多虧那位受害者（？），我才沒受到太嚴重的驚嚇吧。

「因為堀井先生喜歡惡作劇啊。但是不適可而止的話，會嚇跑所有難得來打工的人喔。」

「哈哈，也對。就到此為止吧。」

剛才的秀氣男性一提，堀井先生便露出溫和的笑容，抓了抓頭。

「對了，請問這一位是？」

「啊，還沒介紹呢。他和你同樣是兼職幫忙的茉平康。」

堀井先生介紹後，茉平先生便低頭致意。

「你是橋場吧。我叫茉平，請多指教。」

「我也是。還請您多多指教。」

我跟著低頭致意後，茉平先生也很有禮貌地點頭。

「我讓他負責所有兼職人員的事宜。如果有什麼不懂，就先問他吧。」

我給予肯定回覆後，茉平先生也溫柔地微笑表示肯定。

「橋場你是三年級吧。」

「是的，茉平先生您是……？」

「我四年級，明年就要畢業了。所以幾乎沒什麼事情可做。」

根據茉平先生的說法，這已經是他在得勝者軟體打工的第四年。既然從一年級就開始，代表相當資深。

再度端詳一番後，我發現茉平先生的容貌真的很像女性。雖然神清氣爽，眼神卻很體貼，不會覺得冷淡。

他似乎很受歡迎。雖然有點老套，但這是我對他的第一印象。

堀井先生像是想起什麼，插了一句「話說回來」。

「我看過橋場你們在學園祭創作的作品，下了相當多的功夫吧。利用留言當成動畫表演效果，堪稱活用系統的密技呢。」

其實只是因為在這個時代，彈幕還能發揮武器的效果。幸好最後能有好結局。

「感謝您的稱讚。不過老師也說過，不認為那種做法能光明正大地一較高下。」

「對啊。如果以作品的綜合評分，我也認為九路田他們的作品略勝一籌。」

說到這裡，堀井先生點點頭，

「不過你的作品有創意。利用有限的資源設法反敗為勝，很有氣魄。製作遊戲的過程中，這種想法是不可或缺的。」

「是這樣……的嗎。」

「嗯，所以我才拜託她，向你打個招呼。我認為勇於嘗試錯誤的人，或許也會帶給研發某些有趣的變化。」

堀井先生口中的她，是指加納老師吧。

不知道堀井先生與加納老師是什麼關係。我知道他們曾經是一起製作遊戲的夥伴，但似乎彼此有強烈的信賴感。

「感謝您願意找我。不過我目前還沒有任何技能。」

堀井先生微微一笑，

「一開始大家都是這樣。只要逐漸習慣就不用擔心。」

「好的，我會努力的。」

還好他沒有叫我鼓起幹勁。我當然認為保持幹勁很重要，但一下子強調毅力，思維會產生變化。

（還好他似乎十分好心。）

由於是快速成長的遊戲公司，我起先還擔心會不會都是怪癖強烈的人。看來是我杞人憂天了。

「橋場，你是不是想當製作人？」

在我鬆口氣後不久，堀井先生這樣問我。

「噢，對，我以此為目標。」

突如其來的問題讓我感到困惑。不過覺得打馬虎眼也沒意思，所以我堅定地回答。

「原來如此，從你之前的表現來看，這種發展很自然。加油啊。」

「感謝您的鼓勵。」

「不過……」

堀井先生突然從剛才的柔和表情變得僵硬。

「我目前就是製作人，可是問我對這個職業的感想，其實是愛恨參半。既有幹勁與成就感，卻也有許多時候必須冷酷地判斷。」

聽得我完全無法插嘴。

我以前就隱約知道製作人是什麼樣的職種。但是聽實際任職的人說出這番話，實在很沉重。

「所以對於以這份工作為目標的新人，我有一半感到高興。另一半則很想勸告新人，最好放棄這條路。不過，」

說到這裡，堀井先生的表情再度和緩。

「我聽她……聽加納說過。你知道做出判斷有多難過，並且能為此煩惱。所以我歡迎你進入這一行。」

這句話聽起來真窩心。不論是堀井先生這樣告訴我，或是加納老師對我如此評價。

我坦率地低頭，

「非常感謝您。這個……我希望學習，提升自己的實力。」

「提升實力，嗯，很好。不論對自己或對他人而言，有實力就是最棒的武器。」

雖然才剛入門，但我非常感激能在這間公司學習製作人的第一步。

（不過……一點也沒有放水呢。）

剛才我還慶幸不像體育系社團重視尊卑關係，現在已經完全改觀。這裡是戰場，如果不嚴以律己並努力，就會立刻落於人後。

他在體貼的底下有可怕的另一面。剛才那番話讓我發現這一點。

「對了，今天預定還有另一個人要來，橋場你有聽說嗎？」

堀井先生突然問我。但我完全不知道是什麼事。

知道得勝者軟體公司這件事的人，只有加納老師而已。應該說老師是唯一的交集，我才得到這份打工的機會。若問我事前聽說過什麼，我只想得到這件事。

「聽說……?不，完全沒有。」

所以我老實地回答，

「真是奇怪。包含你在內，有兩名影傳系的學生通過了面試。你真的完全沒聽說嗎？」

兩人?除了我以外，還有其他人通過面試嗎。

「第一次聽過耶，究竟……」

在我正要說出『是誰呢』三個字的時候，

「本、本人遲到了!!!」

會議室的門猛然開啟，一名上氣不接下氣的女孩衝了進來。

長度及肩的亮褐色秀髮活力十足地往外彈跳。綁在背包上的領巾與橘色的夾克在面前閃閃發光。

沒理會驚訝的我們，女孩子深深吁了一口氣，拍拍胸膛。然後迅速挺直腰桿，接著來個九十度鞠躬。

「非常對不起!!打工第一天竟然遲到，本人實在無顏見人!!」

聽起來有些過時，或者該說老氣。女孩道歉的語氣很像注重尊卑關係的體育系社團。

「啊……」

眾人啞口無言之際，她迅速抬起頭，環顧四周。然後視線一停在我身上，表情彷彿發現了什麼，開始滑手機。

接著大概點開了某張圖片，交互對比手機與我的容貌，緊接著，

「是、是橋場老師耶!!沒有錯!」

「咦，我、我嗎?」

她突然以『老師』尊稱我的名字。然後彷彿出現『噠噠噠』的狀聲詞，發出豪邁的腳步聲走向我，

「終於見到您了!!本人一直很想見您一面呢，橋場老師!!」

以雙手緊緊握住我的手。

「本人不才，從今天開始請您多多關照!」

炯炯有神的眼眸筆直注視我，她突然向我打招呼。

「呃，這個……我……」

我還以為影傳系來這裡打工的只有我一人，結果卻多了一人。而且我明明不認識她，她不知為何卻認識我。

當下各種要素已經多到塞車，我當然不可能說出多機靈的回答。該怎麼開口，問她什麼問題，我的腦海已經完全當機。會議室籠罩在沉默之中。

在我始終抓不到救命稻草，不知如何是好之際，堀井先生一臉苦笑，

「呃，她叫竹那珂。橋場，你似乎……不認識她呢。」

「嗯，完全不認識。」

我只能一頭霧水地搖搖頭。

◇

「不會吧！難道加納老師完全沒向橋場老師提過嗎!?」

「是、是啊。還有橋場老師是什麼意思啊？」

「當然是出於尊敬，才稱呼您橋場老師啊！」

問候與自我介紹結束後，總之我們決定吃點東西。於是離開公司來到不遠的咖啡廳。

我和茉平先生都簡單點了份漢堡與飲料。竹那珂小姐則一開口就點ＬＬ漢堡套餐，又單點了兩個漢堡。堪比體育系學生的食量，看得我們目瞪口呆。

竹那珂小姐……全名是竹那珂里櫻。

不過從來沒有人第一次見面就唸對她的全名。所以寫郵件或筆記的時候，似乎全都寫成片假名。

她是今年剛進入影傳系的大一學妹。剛開始上課不久，整個人還保持高中生的衝勁與氣氛。

「不過竹那珂小姐真有精神呢～感覺好像國中生一樣。」

茉平先生開心地表示，

「哪有！本人可是不折不扣的十八歲喔！或許學長會感到很意外，但本人可是亭亭玉立的女性呢！」

大口咬著手中的漢堡，竹那珂小姐不滿地反駁。

「那就回到剛才的話題吧。」

「啊，不好意思！本人的壞習慣就是很容易岔開話題，天北地南地閒聊。請問剛才要說什麼呢？」

她的用詞好像有些微妙地錯誤，不過無妨。

「剛才妳似乎說妳認識我，是透過什麼認識我的呢？」

好不容易問到我非常好奇的問題。因為之前對話的節奏幾乎都掌握在她手上，很難找到機會開口。

何況第一次見面的女孩知道我的名字與長相，除了可疑的推銷，我想不到其他可

能性。在我擔心她要是開口向我推銷的話，該怎麼回答的時候，

一聽到我的問題，她頓時綻放笑容，

「對喔！這件事情得先告訴您才行!!」

突然站起來，再次以雙手緊緊握住我的手。

「呃，等等，拜託！」

「本人真的非常尊敬橋場老師您！所以能在這裡見面，心情實在太 High 了！」

咦？

尊敬是什麼意思？

「呃……我在哪裡見過竹那珂小姐妳嗎？」

「沒有！剛才是第一次見面！不過本人大概是世界上第五十個很了解老師的人喔！」

姑且不論微妙的謙虛，她到底在說什麼？

「老師之前製作過同人遊戲吧？」

「嗯，是啊，的確做過……」

「然後去年，在 Nico 動畫上傳了超強的影片吧！」

「噢，對，沒錯……話說妳怎麼知道兩部作品都和我有關!?」

我應該使用不同的名義，怎麼會穿幫……？

「留言板上早就討論得沸沸揚揚，說兩部作品的製作人是同一位了！聽到這個消息後，本人詳細調查過了喔！」

「原來如此……」

其實真要找的話，倒是有線索可以切入，例如奈奈子的歌或是志野亞貴的圖。不過真虧她能順藤摸瓜，知道是我呢。

「然後本人聽說，整合這些作品的人就在大藝大。所以本人決定升學，通過考試後四月份進入影傳系！然後立刻向加納老師多方打聽，再三央求老師幫本人介紹得勝者軟體公司的打工！」

聽說今天終於可以見到我，她才會緊張得睡不著，結果遲到。

「能和橋場老師在同一間公司打工，真的就像做夢一樣。所以再次請老師多多指教！」

——這個故事真是不得了啊。

其實我也是追求嚮往已久的白金世代創作者，現在才會在這裡。所以我非常了解她的心情。

我嚮往的是明確的創作成果，像是繪畫、寫作或音樂，所以很容易找到門路。

但她從一開始，目標就鎖定『負責整合』的我，筆直慕名而來。即使我不在社群網站上露面，也不主動彰顯自己的身分。

（真是奇怪的女孩。）

她的衝勁就像忘了踩煞車的車輛。但是有人這麼仰慕我，其實感覺不壞。

「總之啊，可以先不要喊我老師嗎。」

「咦，為什麼呢？對本人而言，您毫無疑問是老師，今後也想以老師尊稱您呢。」

（啊，她聽不進去嗎。或者是相當冥頑不靈吧。）

之前我提過很多次，藝大是怪人雲集的地方。怪人不只特立獨行，不少人還特別頑固。

我猜她多半也屬於這一類。這麼一來，光是反抗其實沒用，或許得準備更周全的材料才行。

首次見面就讓人擔心今後的發展呢。

「看著妳們兩人，總讓我心生羨慕呢。覺得大學生真好啊。」

看我們兩人上演的相聲，或者該說鬧劇，茉平先生開心地微笑。

「不、不好意思！本人有點太得意忘形了！撇開茉平先生說個沒完，真的很抱歉！」

竹那珂小姐迅速放開我的手，彷彿剛才一幕重演般，深深低頭致歉。

「既然在同一間公司打工，今後還是同事關係，就徹底聊個過癮吧。」

「哇！真是好建議，非常感謝前輩！」

茉平先生出於關心而開口。不過她的回答讓人不太確定是否有意繼續聊。

「不好意思，我們兩人突然一頭熱。」

雖然我完全被她拖著跑，但還是向茉平先生道歉。

「沒關係啦，見到自己嚮往的人，當然會高興啊。」

一如茉平先生所說，他並未冷眼看待我們兩人的情況。

（他才大我一學年，但真是成熟呢。）

某個攝影系研究生現在應該大大打了個噴嚏吧。不過在不同情況下，他也有很成熟的一面。

「好，那差不多該回去介紹研發部，或是說明工作了。堀井先生應該也在準備了吧。」

「好、好的。」

我們迅速起身，跟著茉平先生走。

回到研發部後，我們立刻分到一張屬於自己的辦公桌。

當然和正職員工是不同區域。而是在公用區設置小型書架，以及一臺筆電。

不過在嚮往的遊戲公司有自己的專屬區域，真是太感激了。以前待的公司雖然有個人空間，但是分到的用具有天壤之別。

（當初用膠帶修理壞掉的椅子，簡直像在做夢呢。）

當然，這次的椅子也是知名外國廠商的品牌，相當牢固。

公司禁止我們進入研發部以外的樓層，不過在研發部內可以自由行動。另外絕對禁止將內部機密資料帶出公司，反正通知面試合格時已經叮囑過這件事，所以我並未感到困惑。

很快從明天就要開始工作。主要內容應該是 debug 或雜物，但很快就能協助研發了，真是期待。

當天向研發組員自我介紹，並且整理自己辦公桌四周，工作便告一段落。在我打卡後準備離去時，偶然發現茉平先生還在工作，於是向他開口。

「茉平先生還要留下來嗎？」

他一臉苦笑，

「嗯，因為還有必須完成的工作。今天要加班吧。」

「哦……」

同樣是打工，他負責的領域已經和我們不一樣。

「那麼我先下班了。」

「前輩辛苦了!!」

我和竹那珂小姐低頭致意，在緊張中結束第一天打工。

原以為可能會碰上下班尖峰。但可能稍微提早離開公司，回程我還能和竹那珂小姐坐在一起。她也在大學附近租屋，所以今後的通勤時間可能會經常碰面。

◇

坐在座位上過了十分鐘，然後從阿部野橋抵達最近的車站花了三十分。我一直覺得大學距離市中心真的很遠，將來我可能也會考慮搬家。

「呼啊～啊……真是愛睏呢～」

在我身旁一直打瞌睡的竹那珂小姐，打了個大呵欠同時開口。

「妳似乎很想睡呢。那妳就睡一下吧，到站後我會叫醒妳。」

竹那珂小姐很有精神地回答『感謝您！』。

「老師您不睏嗎？」

然後這麼反問我。

「我……其實不睏。真要說的話，反而比較緊張。」

「緊張，是嗎。」

「嗯。畢竟是自己嚮往已久的公司，或者是業界的關係吧。」

是遊戲公司。還不是東拼西湊成立的老公司，而是宛如嚮往的集合體，而且在這間公司的人都很優秀，會讓人打從心底想和他們一起創作。

即使是打工，但我終於獲得進入這裡的門票。理所當然會非常緊張，今天我一直精神緊繃。

「所以我既不覺得疲勞，也沒感到睏。不過回到家之後，疲勞可能會一口氣釋放吧。」

聽了我說的話，竹那珂小姐回應「原來是這樣」，

「對本人而言，公司的確很有名，也覺得很了不起，卻不覺得那麼緊張呢。」

「那真是……不得了。代表妳的膽量相當大呢。」

比起過於緊張而一事無成，總覺得能保持平常心的人比較厲害。

「因為本人還沒見過什麼世面啊。啊，話說回來！」

「話說回來？」

「就是比起得勝者軟體公司，本人覺得和老師見面更興奮啊！」

她真的兩眼炯炯有神，凝視著我。

「我說，竹那珂小姐。」

「什麼事呢，老師。」

「總之啊，既然前輩提議我們繼續對話，可以暫時別再叫我老師了嗎……欸，拜託！」

我只是希望她別再用這麼難為情的稱呼喊我。結果她卻突然眼眶濕潤，露出難過

的表情。

「怎麼會～難道不行嗎？本人除了以老師尊稱您以外，完全沒想到其他稱呼呢。」

……好歹也想想其他的候選名單嘛。

「呃，一般而言不是有橋場先生啦，或是學長之類的嘛。」

「欸……可是這樣稱呼的話，就變得非常普通了呢。」

「我覺得普通就好了……」

「知道了。那麼至少讓本人想想其他的稱呼。三十秒之內決定，能請您稍後片刻嗎？」

「好、好啊。」

不知道她會提出什麼特別的要求，總之避免她繼續喊我老師就行了。

竹那珂小姐在三十秒內絞盡腦汁，手扠胸前思索，然後，

「知道了，本人決定了！就稱呼您大大吧!!」

「啊、啊？」

「這樣很好啊，比學長更親近一點，而且又有特別的感覺。就這樣稱呼您吧，大大！」

「大大，是嗎……唔……」

從老師變成了大大嗎。總覺得好像以前的對口相聲哏，好像也有聲優彼此這樣稱

呼。

「那、那麼，就這樣吧。」

「太好了！那從現在開始就稱呼您大大吧！今後應該會問您許多事情，所以請大大做好心理準備吧！」

「能、能回答的話我盡量吧。」

在她強勢主導下我點頭同意後，她一喊「太棒啦！」並且開心地比出勝利姿勢。

（原來還有這樣的啊……不過……）

之前稱讚我工作成果的，都是身邊的朋友。所謂製作與檯面下的工作就是這麼回事。

最近雖然有些創作的製作人受到矚目，但是多數人依然不會注意到這項職種。當然更不可能在檯面上受人追捧。

不過依然有竹那珂這樣的女孩，追尋實際完成的作品，最後終於來到我的面前。這既讓我產生信心，老實說也很高興。

（話說回來。）

我瞄了一眼她的容貌。

由於第一印象過於強烈，我一直沒有仔細端詳她的長相。不過她長得非常可愛，之前居然沒發覺，讓我有點過意不去。

和同樣是學妹的齋川不一樣。快活又文雅的感覺表達出直接的魅力，也就是很受歡迎的女孩。

這樣的女孩很嚮往我，說見到我很高興，我當然不可能不開心。因為我的內在其實是人生灰暗的快三十歲大叔……

（不、不行不行，我得維持平常心，嗯。）

我筆直望向前方，讓心情恢復冷靜。她嚮往的對象終究是我的產品，不是我這個人。

況且我目前還是半吊子。前幾天才剛下定決心，接下來要以製作人為目標，設法追上大家。結果轉頭就對女孩嘻皮笑臉，這也太丟臉了。

我得振作一點應對才行……

「欸，拜託，不會吧？」

結果我發現肩膀有東西暖暖的。不知怎麼回事的我一轉頭，瞬間得知原因而不知所措。

「呼啊，大大，不好意思……本人還是太睏了，在到站之前肩膀麻煩借靠一下……」

說著，她一臉毫無防備的表情，身體靠著我的肩膀。然後開始安穩地呼呼大睡。

（平、平平平常心，平常心……!!）

呼在我肩膀上的氣息，以及微微的暖意讓我暈頭轉向。同時我保持和尚般的平靜心態，盯著漆黑的車窗瞧。

◇

開始打工的第一個夜晚就此告一段落。

隔天早上，我正準備向共享住宅的大家分享打工的話題。結果在早餐的餐桌上第一個開口的，

「欸～恭也你聽我說！」

是哭喪著臉的貫之。

「我啊，之前好歹對自己寫的文章有自信。讀起來還算通順，還安排了耐人尋味的部分，而且維持節奏感呢。該怎麼說呢?就算無法立刻拿滿分，應該也還可以吧。我之前是這麼想的，你能明白吧?」

「嗯，是啊，當然明白。」

「謝謝你!哎呀，恭也果然了解我，嗯嗯，沒錯。和這麼了解我的人合作，我也會更有創作的欲望……」

「可是你不是逃避過一次嗎。」

「囉嗦耶！之後不是回來了嗎，有什麼關係！更重要的是，有東西希望你看一下，拜託！」

貫之當場反駁奈奈子的吐槽，同時從信封取出一疊原稿。

「這是？」

「是責編在我遞交的初稿，也就是最初的原稿批的紅字。」

亦即俗稱的『退稿』嗎。

輕小說的原稿當然不可能寫完初稿就定案。雖然也有作家在初稿階段就寫得相當完美，不過多數作家都要寫二稿，三稿，在完成之前不斷修改。

所以在初稿階段，大幅修改內容並不稀奇。我還聽過有許多作品是以此為前提撰寫的。

「換句話說，上頭有很多紅筆批改的部分？」

貫之默默點頭後，用力抓了抓頭髮。

「啊——就是這樣啦!!從寫作的方式到臺詞的寫法，場景地點或是內容，責編幾乎批改得滿江紅退還給我耶！作品改成這樣，連你都會失去自信吧！」

「呃……」

果然面臨這種情況了呢。

「沒啦，其實我也不是希望別人不要修改原稿。該改的地方我一定會改，追不上職業水準的地方我會設法改進。可是該怎麼說呢……這種評語看了很難受耶。」

奈奈子接過原稿，翻了幾頁以後『咿！』一聲驚呼。

「拜託，這裡的評語好可怕。」

「上頭寫什麼？」

奈奈子手指著該處，

「整頁打上一個大叉叉，只寫了一句『再重新仔細看一遍』……」

「哇，那的確很可怕。」

要是有寫具體的修改指示也就罷了。聽到責編說整段有問題，全部重寫的話，自尊心肯定大受打擊。

「噢，那邊也批的很不留情。但是責編還寫說，最後的章節他還沒看，總之先想辦法修改前半部分。」

「唔……總覺得連我都胃痛了。」

貫之失落得垂頭喪氣。

我甚至覺得他有點可憐。

在大家一片低氣壓之中，志野亞貴一臉擔憂地看著貫之。

「話說志野亞貴，怎麼了嗎，看妳一句話也沒說。」

「噢，這個……總覺得同樣是輕小說作家，但是完全不一樣呢。」

志野亞貴一如往常，笑瞇瞇地回答。

「咦，妳那邊的作者沒有像這樣改得滿江紅嗎？」

「是呀，雖然經常有要修改的地方，不過也只是一小部分。基本上責編會稱讚作者說，這裡寫得不錯喔～」

「是、是這樣啊……真好耶，志野亞貴。」

一臉絕望表情的貫之抱著頭。

「欸，恭也……我可能已經不行了。雖然我努力到這一步。」

「拜託，振作一點啦。責編既然這麼仔細看你的文章，代表他非常熱心吧。不如說你很幸運呢。」

在以前的職場，我曾經與寫過輕小說的劇本作家聊過。

根據他的說法，似乎也有責編只會委婉地誇獎，完全不提供修改指示。要是碰到這種責編，所有責任都會落到自己頭上，其實非常辛苦。

乍看之下，整篇原稿改得滿江紅的責編可能很難相處。可是透過這種方式提升作品水準，作者的評價也會確實提升。以長遠的眼光來看，除非作者特別天才，否則這樣肯定比較好。

「所以即使辛苦，還是要好好努力。我想編輯肯定認為，這些部分關係到是否能提升作家的水準。」

「是、是嗎……？」

貫之似乎好不容易轉換心情。

「好、好啊，那我就再努力看看。恭也你說得沒錯，如果當作糾正得到新人獎就得意忘形的想法，也比較容易拿出幹勁。」

「沒錯，只要抱持決不認輸的心情，肯定能撐過去。」

「知道了，那我就拚吧……我絕對要戰勝，寫出好作品讓責編心服口服！」

好不容易，貫之的眼神才恢復精神。

不過像這樣對大家抱怨的階段，其實都還算是小事。要是不告訴任何人憋在心裡，就有可能發生上一次的慘劇。

（我不會再讓那種悲劇發生。）

不論是我，或是大家，都想辦法不依賴彼此，發現自己的道路。只要這麼做，照理說就能避免上次的悲劇。

「啊，話說恭也。」

奈奈子開口改變話題。

「關於合作的事宜，想找你商量一下。」

「咦？上次的合作不是已經回信了嗎。」

從今年春季開始，奈奈子便接二連三在 NicoNico 動畫收到合作的邀請。前幾天才剛討論過，我提供自己的想法，以及如何回覆的建議。

所以我以為她說的是這件事。

「不，不是那件事。而是又收到了新的合作邀請。」

「已經有下一場合作了啊，很厲害耶。」

看來奈奈子已經是不折不扣的人氣歌手了。既然這麼短的時間就收到下一次的徵詢，我認為應該可以好好慎選合作對象。

「是叫做尬吉貝里P的人。」

「是喔，尬吉貝……」

反覆唸出奈奈子說的名字後，我隨即放聲高喊。

「不會吧，尬吉貝里P找妳合作!?」

「咦，怎、怎麼了?是沒錯啊，有問題嗎……?」

奈奈子與另外兩人都對我的喊聲感到驚訝。

(呃，因為那一位……十年後可是不得了的大咖。)

他原本在NicoNico上傳Vocaloid曲。從基於興趣進步到接受偶像製作人的委託，之後樂曲一口氣受到眾人的矚目。

在我以前待的未來，他已經準備要參加除夕的紅白歌唱大賽。

N@NA也是大明星。不過提到同樣從NicoNico發跡的尬吉貝里P，可能與她同等級，甚至是更厲害的神人。

（啊，不過他現在還沒那麼出名呢。）

他的 Vocaloid 曲應該是從二〇〇八年年底開始，連續播放數破百萬。記得在那之前，說得難聽一點，他的人氣不慍不火，也沒有顯眼的活動。

正因如此，大家當然不明白我為何這麼驚訝。

「呃，這個……尬吉貝里P的曲子寫得不錯。所以我記得他的名字。」

「哦，原來是這樣。因為我不太清楚，心想他是誰啊。」

……他這時候的知名度果然還不高。

「不過奈奈子，如果妳騰得出時間，建議妳接受他的邀約。之後肯定會有好處的。」

「唔，是嗎。」

奈奈子果然露出不解的反應，但是不久後，

「既然是恭也你推薦的，那就試試看吧。」

似乎決定積極行動。

「不過最後妳要自己好好考慮喔。可不能說是因為我說的。」

「好，我會仔細聽他的曲子再做決定。」

沒錯，如果她太過依賴我，可能會逐漸產生另類的影響。我必須堅守提供建議的立場，否則會搶走她的自主性。

「總覺得大家都朝好的地方努力呢。」

志野亞貴微微一笑，對我說。

「嗯，肯定是以前的努力逐漸有成果啦。」

接下來我必須變強，強到足以引領大家往前進才行。

（用說的很簡單，但要看我做不做得到。）

能不能活用在得勝者軟體的經驗，就看我怎麼努力了。

◇

吃完早餐後，大家一如往常回到自己的工作上。由於我白天要打工，所以提早準備後離開共享住宅。

走在從河槽到車站的這段路上，有人打電話給我。

「是河瀨川。」

不知道她有什麼事，我按下通話鍵。

「喂，怎麼了嗎，有什麼事？」

結果電話另一端回答我的聲音特別低沉。

「難道沒事就不能打電話給你嗎。」

聽得我忍不住笑出來。

「拜託！有什麼好笑的啊。」

「抱歉抱歉，然後呢？」

河瀨川原本就不擅長操縱機器，她幾乎只在有事情才會打電話。

不過在我們暫時沒有一起創作，各自開始活動的時候，她卻突然打電話來。

當時我理所當然地對他說：

『喂，河瀨川，怎麼了嗎，發生了什麼事？』

結果她深深嘆了一口氣，

『沒有事情就不能打電話嗎？』

如此回答我。之後即使沒什麼事情，河瀨川也會像這樣不時以電話聯絡我。

「雖然你是好人，但偶爾說話有點壞心眼呢。」

「唔，呃，這個……我無法否定。」

不過看到河瀨川這種反應很有趣，連我都覺得自己的個性不太老實。

「關於我要說的事情。」

河瀨川找我，是關於她之前打工的內容。

一如之前所說，她目前打工的內容是製片公司的助理導演。

「光靠在學校學過的內容，根本派不上用場。」

可是來到現場後，她才發現不同地點，有不同的應用與現場的用法。聽說即使事先記住一定程度的用語與用法，也算不上優勢。

「我原本以為在系上學過，就能順利在現場幫忙……結果我太天真了。還是得從頭學起。」

「是嗎，真辛苦呢。」

「學習倒是很快樂，無妨。更嚴重的其實是現場的氣氛。」

「氣氛？很糟嗎？」

我一問，河瀨川便深深嘆了一口氣。

「嗯，總之從現狀看來，有這種感覺。」

她打工的製片公司本來很有潛力，足以製作院線級別的作品。

偏偏日本影業陷入不景氣，始終沒機會拍攝這種等級的電影。所以公司改拍有市場需求的廣告之類。可是員工本來想拍的是電影而非廣告，據說已經公開表達不滿。

「我能體會他們的心情，但公開說出來畢竟不太好。」

「對啊，結果導致底下的工作人員愈來愈憂鬱。」

與河瀨川同期進公司的三名人員，好像已經跑了兩人。

「所以說，妳也覺得心情有些低落嗎？」

聽她這麼說，我本來以為她也跟著消沉，

「我嗎？怎麼會。我甚至覺得要走就該早點走，別拿我和他們相提並論。」

看來這一點完全不用擔心。

「所以最近我都直接開口。如果有哪份表演工作無人願意接，那就讓我來。當然目前還沒接到工作，但如果堅持下去的話，或許會有機會。我可不想眼睜睜錯失機會。」

她甚至積極爭取工作，真不愧是她。

「然後呢？你那邊如何，在遊戲公司有認真工作嗎？」

總之我告訴她，給人的第一印象還不錯。

「很好啊。連打工都有機會，公司不錯耶。如果我現在打工的公司倒了，能不能幫我介紹呢。」

「河瀨川進遊戲公司，是嗎。」

「沒什麼好稀奇的吧。聽說最近遊戲界有愈來愈多作品重視畫面表現。」

正因為視野寬廣，才會在之前的未來遇見河瀨川吧，我心想。說不定我這條世界線的未來，也會看到她在遊戲公司工作。

「總之目前似乎也不用擔心你呢，太好了。」

「原來妳在擔心我啊。」

「那還用說。我怎麼可能忘記你之前的求助呢。」

老實說，那句話稍微打動了我的內心。

「……謝謝。」

「沒關係啦。彼此都不要在心裡積壓負面情緒吧。拜拜。」

然後她很乾脆地掛掉電話。我則再度走向車站。

她在系上是出類拔萃的優等生。結果在本應走上菁英之道的拍片現場，被迫面對難受的現實。而且可惜的是，這不是靠自己的努力就能搞定的。

「不過河瀨川很努力呢。」

一般人會感到悲觀，但她卻以自己的想法試圖突破。毫無疑問，這也帶給我勇氣。

見到大家掌握成功的開端，開心地討論未來的模樣，我原本感到有些寂寞。

可是聽到大家的心裡話，得知大家當然有自己的想法與瓶頸，並且想辦法突破困境。

讓我覺得在小地方裹足不前的自己特別丟臉。

「加油吧，雖然路途還很遙遠。」

好不容易有了可以學到技能的環境。那就設法努力，盡可能提早確實地往前進。

我打從心底希望自己能快點成為貨真價實，竹那珂小姐嚮往的人物。

第二章　COMBO

「恭也同學，恭也同學。」

我聽到某人的聲音。還有人在搖晃我的身體。聲音十分溫柔，搖動的手也好溫暖。

所以半夢半醒的我，一瞬間覺得一直這樣下去也不錯。

「……啊！」

隨著驚醒，一口氣想起睡著前的記憶。

昨天很晚才回來，直接著手拖了一段時間的報告作業。可是始終沒辦法上床睡覺，眼看接近打工的時間。我心想稍微休息一下，於是躺在客廳，結果似乎直接睡死了。

「因為鬧鈴一直在想，我才下來查看發生什麼事。然後發現恭也同學在睡覺，才會叫醒你。」

我一看手機，發現有鬧鈴持續響起的痕跡。如果沒有志野亞貴的關心，我肯定會繼續睡下去。

「謝謝妳，如果妳沒叫醒我，我可就慘了……話說現在幾點？」

我急忙再看一次手機。雖然錯過平時搭乘的巴士時間，但現在立刻衝出門的話，應該有機會趕上下一班。

即使確定會遲到，但還是能盡可能早點抵達。

「噢，抱歉，再不快點就來不及了。那我出門囉！」

我爬起來了個懶腰，抓起放在一旁的包包後，直接衝向大門。

「路上小心～」

身後傳來平穩又溫柔的聲音。我回應向我揮揮手，目送我離去的志野亞貴後，從家裡飛奔而出。

上氣不接下氣地奔跑在家裡到公車站的這段路上。好不容易跳上開往車站的巴士。

「很好，有機會趕上！」

遲到顯然比較糟糕，因此只能高興一半，但這樣就能稍微縮短時間了。畢竟步行前往車站很遠，巴士班次也不多。而且這裡很鄉下，連車站前都看不到幾輛計程車，即使我從未搭過。

跳上公車後，我坐在最後方的座位。等鬆了口氣，我傳簡訊向志野亞貴道謝。

『好不容易趕上了巴士　謝謝』

『太好了～恭也同學很累吧。要小心喔～』

隨即收到彷彿以聲音播放的簡訊。再次寄簡訊向她道謝後，我又吁了一口氣。

「如果不是志野亞貴叫醒我，我真的會睡到傍晚呢。」

多虧有她，只比平時的出發時間晚三十分鐘左右。但還是遲到了。下次要避免無謂的小睡片刻，才能確實起床。

鬆了口氣後，我眺望車窗外的景色。還有些寒冷的四月已經進入後半，氣溫開始回暖。綠葉的比例看起來也增加了一些。

「算一算兩星期了……一轉眼的功夫呢。」

我掰手指計算打工了多久時間。

當然目前還不太習慣，不過工作天數終於來到兩位數。接下來就得徹底熟悉業務，設法努力到能真正派上用場。

「今後才是關鍵吧。」

當然，我不能只熟悉打工的業務。等記住工作內容後，得積極展開行動，逐漸學會製作人應有的技能。

如果只想完成別人交辦的工作，就該選更輕鬆的打工。

「……加油吧。」

現在不是遲到的時候了，我拍拍臉頰打起精神。

◇

一抵達公司，我立刻前往堀井先生的辦公桌。

「不好意思，我遲到了。真的很抱歉！」

之後勉強順利地轉乘電車，大幅縮短了原本要遲到的三十分鐘。

但結果我還是晚了十分鐘。

「辛苦了，畢竟昨天也很晚回去呢。記得也向茉平先生說一聲。」

「我知道了。」

可能因為是我第一次遲到，沒有挨什麼罵。

有可能讓人覺得我這人不太遵守時間。而且根據經驗，我也知道不會為了這種小事發脾氣的人其實更可怕。

（但是不能就此放心。）

我在心中發誓下次一定要小心，同時前往茉平先生的辦公桌。

「哈哈，昨天回去之後熬夜寫作業了吧？這種事情難免。」

茉平先生也非常爽快地一笑置之。

「茉平先生也曾經這樣熬過夜嗎？」

「不，我的習慣是拿到作業後，從當天開始分散進行，不會熬夜一口氣趕完。雖然我也有朋友會這麼做。」

他的回答果然不出我所料。

「話說你的身體還好吧?如果睡太少的話，可別勉強自己啊。」

「沒關係。我在電車裡睡過了，現在沒有倦意。」

「是嗎。不過太疏忽的話，可是會弄壞身體的。如果覺得撐不住，就要提早聯絡。」

前輩關懷晚輩，而且還是遲到的晚輩，真是窩心啊。前輩這麼認真，明明可以罵一罵不認真的晚輩，但我絲毫沒有這種感覺。

「好的，感謝您。」

我坦率地低頭道謝，同時心生疑問。

「啊，對了。竹那珂小姐還沒來嗎?」

「對耶，她也還沒來呢。而且也沒接到電話說她遲到……」

話正好說到這裡的瞬間，

「早、早安!!啊，不對，不對，不好意思!一點也不早了，非常抱歉!!」

遲到的她頂著一頭亂髮，上氣不接下氣衝進研發部。由於她太慌張，研發部所有人都笑了出來。

「呃，這、這個!真的很對不起!!」

事出突然，竹那珂小姐依然不知所措。

我和茉平先生見到她的模樣都笑了出來，同時輕輕吁了一口氣。

「那就開始今天的工作吧。」

「好的。」

◇

「嗚～～本人真的搞砸了。聽本人說嘛，大大。今天早上本人就打翻隱形眼鏡的清潔液。煮飯的時候還多放了一杯水，結果煮得像稀飯一樣。ＰＳ手柄的右蘑菇頭還失靈，今天真的是本人的倒楣日呢。難道這就是因果報應嗎。本人其實捐了不少錢耶。」

「真是倒楣啊。啊，那邊從22號開始的勾選，是不是都偏了一格？」

「咦，哇！真的耶！真不愧是大大，感謝!!」

竹那珂小姐盯著電子試算表的檔案，迅速重新輸入鍵盤。雖然她有點不夠專注，不過很擅長使用電腦。

「我一直覺得妳打字的速度又快，又確實呢。」

「那當然，本人可是網路遊戲廢宅呢。大大知道ＰＣＯ（夢幻●星網路版）這款遊戲嗎？」

「嗯，當然知道。」

那可是在國內，不，放眼世界都很有名的MMORPG。

「本人在遊戲裡可是規模近百人的工會領導喔。」

「咦，那、那是在妳高中的時候吧？」

「對呀～當時以飛快的速度聊天與寫郵件，就練成了超快的打字速度呢！」

竹那珂小姐哈哈笑，同時沒看手邊的bug報告文，直接以盲打輸入。在一旁看起來，速度真的很快。

「啊，那就處理下一個bug吧，大大。」

「噢，好，燒等我一下。」

我一邊看手邊的資料，同時喀噠喀噠地按手上的手機。

「下一個bug。牌七遊戲中，反覆選擇手中的卡牌再取消會導致卡住，現在確認。」

「好～」

這兩個星期我們一直在做的工作，簡單來說就是debug。

得勝者軟體公司目前在家用機的遊戲製作暫告一段落。現在的主要業務是之前趁餘暇進行的手遊研發。

聽說一開始是當成利用餘暇，賺多少算多少。結果用手機打發時間的用戶比預料中還多，轉眼間手遊便成為高收益業務。

理所當然，公司當然會熱衷於低成本，高收益的業務。連得勝者軟體的高層都立刻下達指示，要強化手遊製作。

目前我們的工作是進一步修正，以及再度確認『撲克牌遊戲5〇』最新版出現的bug。這款手遊可是目前公司的金雞母。

「啊，這個應該沒問題。總之先勾選ＯＫ。」

「知道了。」

竹那珂小姐用力點點頭，然後輸入淡藍色勾選代表暫時ＯＫ。等第二次驗證沒問題後，會變成深藍色。

等全部驗證兩遍後，再將試算表交回debug組。等他們再度確認沒有問題，遊戲就會以新版本釋出。

「總覺得和本人原本的想像不一樣呢。」

竹那珂小姐不滿地噘起嘴。

「還惦記著那件事啊？」

我苦笑著回答。

「對啊！好不容易進入最尖端的遊戲研發公司，可是最近看到的全都是撲克牌的花色！本人原本以為有機會接觸RPG或動作遊戲之類呢！」

「撲克牌遊戲也是不折不扣的最尖端遊戲啊。尤其這款手遊的使用者介面做得很優秀，品質也很高喔。」

「這個……本人知道啦。」

竹那珂小姐果然還無法完全信服。

如果我在她的立場，肯定也會感到失落。既然在得勝者軟體工作，肯定以為能接觸到大型RPG，動作遊戲之類。最近則是暢銷的模擬類，尤其是家用機遊戲。

可是長大後進入社會，利用時間的方式大幅變化後，我就對這種簡單的撲克牌遊戲大幅改觀。因為我知道這種娛樂可以在下班或空閒時間隨時拿出來，短時間也能玩上一把。堪稱相當成功的商品。

（改變價值觀真的很有趣呢。）

幫忙這款遊戲debug的時候，堀井部長告訴我的話讓我印象深刻。

『橋場，你曾經在搜尋引擎中輸入過【打發時間】嗎？』

念書的時候我從未這麼做。

『那麼你先記住這一點。全世界有很多人會搜尋打發時間這個關鍵詞，比你想像中還要多。』

像我們這種以創作為學業或工作的人，很難有餘暇時間。就算閒下來，也能找到自己想做的事情，例如看書或玩遊戲。畢竟是平時就感興趣的領域，即使不用特別去找，情報也會自動送上門。

不過在平時從事其他工作的人眼中，該做什麼事情打發時間，就必須再次搜尋。所以【打發時間】自然成為搜尋關鍵字的前幾名。

而且這些人大多不會在遊戲上花費大量時間。於是他們追求能迅速拿起來玩，也能馬上結束的遊戲。

回應這種需求的就是『撲克牌遊戲5○』。而且果不其然，即使核心玩家幾乎無視這款遊戲，依然持續創造很高的營收。

「擁有不同的視角很重要。如果今後你要擬定企劃，具備這種眼光應該不會吃虧。」

「嗯，原來是這樣啊……」

以手邊的手機玩著撲克牌遊戲，竹那珂小姐同時歪頭不解。等她們這一輩成為社會中流砥柱的時候，情況可能也會跟著改觀。

「總覺得同樣是打工，和領導做的事情完全不一樣呢。」

「妳是指茉平先生嗎？」

竹那珂小姐用力點點頭。

「不覺得他很厲害嗎？在我們東點西點按來按去的時候，他已經在和美國或俄羅斯等各國的人聯絡耶。之前『Exodus Frontia』的總監還直接來找前輩，說想要創意點子呢。真的超強的耶。」

『Exodus Frontia』是在PS2發售的奇幻系模擬遊戲。玩家十分期待在家用遊戲機上初續作的系列之一。

該系列的總監當然是公司的大紅人。履歷肯定也相當亮眼的他，竟然會向打工的學生尋求建言，的確很不尋常。

我眺望坐在不遠處的茱平先生。

他一如往常，若無其事打電話。一邊以流暢的英語與對方交談，同時手邊一直在鍵盤上輸入。腰桿始終挺直，與其他駝背的職員有明顯區分。

茱平先生是我們這些打工學生的領導。制度上我們有任何煩惱或問題，都要找他商量。

由於不熟悉工作，我們時常忘東忘西，或是花費太多時間而造成他的麻煩。不過茱平先生總是聰明地應對，老實說，我覺得他很帥。

似乎連堀井部長都對完全信任他。看中他的語言能力與交涉技巧，拔擢他負責聯絡外國的研發工作室。還讓他積極參與企劃會議，地位已經比職員更重要。

即使有十年經驗與知識的我，也覺得他和我是不同層次的高手。

「大大也嚮往前輩嗎？」

和我一起注視茉平先生工作情況的竹那珂小姐問我，

「嗯，我希望像他一樣。」

我也坦率地點頭。

◇

「我只是工作時間較長，一點也不算厲害啦。」

趁著休息時間，竹那珂小姐一如往常地捧茉平先生。不過茉平先生卻苦笑著否認。

「咦，可是還在打工卻已經從事超級重要的工作了耶！這樣就非常優秀了吧。」

「唔～不過換個角度想。如果工作很久卻還無法負責重要工作，這樣比較危險吧？」

「呃……」

挨了一擊超有道理的理論拳，竹那珂小姐發出呻吟。

「哈哈，抱歉，我說得太重了。但只要感受到天天在學習，應該就能逐漸學會高階工作了吧。」

「是這樣的嗎……」

竹那珂小姐視線朝上注視茉平先生，同時小口喝著寶特瓶裡的茶。如果她能產生必須努力的想法，那就太好了。

（話說前輩……）

我試著說出之前略為想過的事情。

「話說茉平先生。」

「嗯，什麼事？」

「請問您念哪一間大學呢？」

從他的工作能力與思考來看，至少不像是藝術系的學校。

所以我早就有心理準備，他可能念的是關西首屈一指的大學。

「噢，我是京國大的，經濟系。」

居然聽到了關西最強的大學名稱。

「原、原來前輩念京國大啊!?」

竹那珂小姐比我先驚呼。

「嗯。不過成績平平，沒什麼了不起的啦。」

拜託拜託拜託，超了不起的好嗎，真的沒吹牛。

關西和關東一樣，大學當然有等級之分。

私立大學當然是關關同立（關西大學、關西學院大學、同志社大學、立命館大學）四間穩如泰山的學校。至於國立與公立大學，就是分別沿襲舊帝國大學的大阪、京都兩間。

京都國立大學（註1），簡稱京國大，是舊帝國大學之中關西偏差值最高的學校。即使以全日本而言，也號稱僅次於東京國立大學。

（難怪他是能說多國語言的高階人才。）

雖然不該僅以大學名稱判斷一個人。可是見到前輩這麼厲害，才知道能力果然與就讀的學校有關。

「那的確是知名大學，但只是念那裡不代表就會學到什麼。重要的是在那裡做什麼。」

前輩每一句話都有弦外之音。

在進入社會之前就語氣堅定，並且已經在實踐的話，簡直在打臉實質上已經三十歲的我。

「可是茉平先生真的很厲害呢。」

尊敬一個人到極點，真的會找不到形容詞呢。該怎麼說呢，面對如此完美無缺的人，我只想到這種老套的讚美。

「其實我之前也說過。」

1 指現實中的京都大學。

茉平先生交互看著我們兩人，

「我之前待的不屬於創作環境，所以很羨慕深入研究藝術的你們。」

「是指藝大的環境嗎？」

「嗯。因為在那裡上的課程，與京國大完全不一樣。」

呃，這是理所當然的……

「其實這就是強人所難了。反正就是尊重彼此，努力互補不足吧。」

「是的，我們會加油的。」

我和竹那珂小姐都只能像小孩子一樣點頭同意。

「好，休息時間也結束了，回去吧。」

茉平先生一如往常，留下爽朗的笑容後先行離開休息室。我們也急忙跟在他身後。

（也對……得盡自己的能力才行。）

和他聊天的同時，我想起共享住宅的大家。

在羨慕別人之前，先做好自己能力所及之事。

◇

今天的 debug 工作到了傍晚暫時告一段落。因為沒有漏掉致命的 bug 沒修，也沒有追加工作。

部長吩咐可以下班後，我準備回去的時候。

「欸，大大，今天有空嗎？」

「嗯，倒是沒有什麼急事，怎麼了嗎？」

我回答後，竹那珂小姐咧嘴一笑，

「那要不要在難波附近散散步？本人對那附近不熟，希望大大能帶本人逛一逛。」

「咦？竹那珂小姐的老家不在附近嗎？」

這倒是有點意外。

「當然啊，本人的標準語說得如此自然，一聽就知道不是關西人了吧。」

但我一直以為她的活潑就像不折不扣的關西人。

「好啊，那就走吧。」

「太棒了！和大大來場小約會！要請大大帶本人去哪裡呢～」

「拜、拜託，只是逛逛而已啦！」

其他職員聽了都嘻嘻笑。

在大家的視線聚焦下，我將工作報告書交給茉平先生。這種工作不是交檔案，而是寫在紙張上的報告，讓我實際感受到這是十年前的世界。

「那就辛苦了。明天也要繼續努力喔。」

「茉平先生今天也要加班嗎？」

我向他確認，只見他一如往常苦笑著表示，

「嗯，本地化翻譯文本的品質似乎不佳。從現在到明天早上得整體檢查一遍吧。」

「真、真辛苦啊……」

翻譯文本一般會外包給該國的譯者，因此經常發生這種問題。國情也是原因之一，但是翻得不好的多為語感的細節部分。

「研發真的有許多徒勞無功的部分呢……」

茉平先生似乎一瞬間沉下臉來。

「哈哈，我似乎累到抱怨了呢。沒關係，辛苦你了。」

「好，好的。」

一如本人所說，他似乎看起來相當疲勞。

◇

從東梅田搭乘御堂筋線，三站的距離，心齋橋到難波一帶是大阪首屈一指的鬧區。這裡有名到只要是住在大阪，或是熟悉關西地區的人都知道。

「自己以前一直住在神奈川，所以對這附近不了解～」

不過對幾乎沒離開關東地區的竹那珂小姐而言，似乎只知道格力高的招牌（註2）。

「既然是神奈川出身，代表去過東京吧？」

「嗯，本人的老家在薊野（Azamino），經常去澀谷那邊。」

噢，那一帶啊。記得田園都市線有經過那邊。

之前我在登戶住過一段時間。搭乘小田急線通勤時，如果碰上不時發生的意外，我轉搭過田園都市線。

「那裡電車不是相當擁擠嗎。」

「是啊！擠得人都快扁了。話說大大怎麼知道得這麼清楚啊？」

啊，糟糕。不小心說出了十年後的經驗……

「呃，有朋友住在那裏啦。經常聽他說那裡的電車非常擁擠。」

「啊，原來是這樣！真的不是開玩笑的，尤其從溝之口等車站開始，站員會使勁將乘客推進車廂……」

似乎好不容易轉移話題，我才放了心。

最近很少像這樣與共享住宅成員以外的人暢談了，所以我得小心點。

「既然知道澀谷，難波其實就像澀谷一樣，或許很快就會熟悉吧。」

2　一九五三年起設置於道頓堀的格力高廣告招牌，大阪著名地標之一。

其實有各種不同說法，並不絕對，但應該八九不離十。

「哦，原來難波的感覺像這樣啊。那麼心齋橋呢？」

「唔～從店面林立這一點來看，或許像銀座吧。」

當然同樣也有不同的意見。

「銀座嗎！那麼像本人這樣的女孩或許還太早了呢～」

「噢，不過美國村那一帶，應該很快就能適應了。」

「美國村？」

「嗯，那片區域叫做美國村，就像原宿與澀谷之間……哎，要比喻還真困難呢。」

大都會的每個地區都有較明顯的風格，可以透過大致分類代指類似的街區。但是細節部分比較困難。

尤其是大阪，許多相鄰街區卻有完全不同的風格。即使剛才提到的心齋橋，光是隔了一條街，目標客層也會大幅變化。

「說著說著，看，我們到了。」

在難波站下車，一走出地鐵站就見到開闊的景色。新歌舞伎座位於另一側的左邊，正面有一間剛蓋好的大型百貨與電影院。

「哇，果然人山人海呢！」

人潮的確比原先預料的更洶湧。

簡單來說，大阪的鬧區集中在梅田到天王寺這一段的御堂筋線沿線。其他街區就像支線一樣。

所以想知道新事物的話，只要從梅田逛到難波附近就行了。全長不過短短幾公里，正好適合散步。

「所以只要走到心齋橋就有……咦？」

電影院旁邊，是人潮中心的戎橋通。

我發現附近似乎在舉辦什麼活動。

「怎麼了嗎，大大。」

「嗯，只是有點在意那附近。」

一如剛才所述，由於新事物經常在這一帶傳播，也經常舉辦新商品亮相或市調活動。

所以平時就算舉辦什麼活動，我也不會特別在意。不過該說是直覺嗎，當時我突然感到很好奇。

「噢，這裡嗎。」

牆上掛的大型告示板上，印著幾間學校與大阪府私立大學〇〇贊助的名稱。

幾名穿著紅藍黃綠等純原色的女孩子，在招牌前方發放手冊與點心之類。

「大學……簡介？」

仔細一瞧，手冊上印著開放校園參觀的日期與考試簡介，以及大學課程的說明等。

「哦～現在還有這種活動啊。該不會是少子化的影響嗎。」

「多半是吧。光是在高中的生輔室放資料，根本就沒有學生會來就讀。」

即使沒有我原本的時代那麼嚴重，學生人數減少依然是每間大學始終沒有解決的問題。

由於想盡辦法維持新生人數，大學開始在各城市的鬧區舉辦這種活動。目的是設法維持大眾對大學的興趣。

「啊，大藝大似乎也有贊助這項活動喔。」

瀏覽告示牌上文字的竹那珂小姐發現後開口。

「哦，那麼……」

這時候，我突然閃過一個念頭。

大學的活動，大藝大也贊助。假設真有這種活動，在現場露出笑容發手冊的……會是誰呢。

「來，要不要也來一本呢？」

在我茫然思考的時候，人群中的一位大姊姊準備將裝了手冊與點心的紙袋塞進我手中。

「噢，呃，我是在校生……」

我正要開口推辭，

「啊，原來是這樣……咦？」

結果我見到對方的容貌。

然後大姊姊和我都愣住，

「不會吧————————————!!」

彼此幾乎同時開口驚呼。

突如其來的呼喊，讓四周民眾同時注視我們。回過神後，我們都瑟縮著身子，移動到會場旁邊。

「大大，怎麼會突然大喊呢！」

不明所以的竹那珂小姐也跟在後頭。

確認我們已經來到避人耳目的地方後，大姊姊犀利地抬頭。

「真是不敢相信……」

剛才柔和的聲音完全消失無蹤，她的聲音低沉，彷彿在詛咒一樣。她頭戴紅色帽子、身穿紅色夾克，白色緊身裙。搭配臉上的薄妝，與平時的她完全不一樣，散發成熟的氣氛。但我根本不會認錯，

她就是河瀨川英子。

「……你怎麼會跑來這裡？」

大姊姊……不對，河瀨川英子以可怕的聲音發出詛咒。

「純屬偶然啦。今天工作較早結束，所以，呃，才想帶打工的同事竹那珂小姐來逛逛。」

可能覺得和平時一樣High不太好，竹那珂小姐恭敬地鞠躬。

河瀨川瞄了她一眼，同時「哎～～～～～」長嘆了一聲，彷彿世界末日一樣。

「是我的錯。如果知道有任何一絲這種可能性，我就應該先給你活動行程表。然後警告你當天絕對不能來到鬧區，否則就宰了你。由於怕穿幫沒說清楚，的確是我不對。真是失敗，哎～糟透了。」

「抱歉，我真的不是故意的。」

在我想進一步找藉口的時候，

「河瀨川同學，事情說完了嗎？差不多該回去囉～」

不知是工作人員或是大學廣告課的人，總之有人喊河瀨川的名字。

「好、好的！不好意思，我馬上回去！」

河瀨川回應後，即將回去會場。

但隨即又轉頭望向我。

「……你有空對吧？」

聽起來像是在質問，卻施加壓力不讓我說ＮＯ，

「再三十分鐘就結束了，等我一下。我有話要說。」

河瀨川強硬向我約定時間，而且聲音認真到之前製作影片時從未聽過。

在她離去後，我可能愣在原地太久，

「那位漂亮的女性是大大的女朋友嗎？」

即使竹那珂小姐突然問出很危險的問題，我也無法巧妙回應。

◇

河瀨川英子獲選成為『大藝大小姐』的緣分，要說神奇的確很神奇。時間一晃就快半年了。

當初獲選的時候，她揚言說要退回頭銜。結果還是屈服在相關人士的讚不絕口，以及百般懇求之下。目前她已經開始參加一些活動，好像是。

為何說「好像是」，因為直接問她大藝大小姐的資訊是禁忌。我知道如果直接開口，她會動粗讓我的身體受傷，所以不聞不問自然變成了禮貌。

「我當初威脅過所有人，絕對不准提這件事。如果誰敢取笑我，我就扭斷對方的脖子。於是沒有任何人開口，而我以為這樣就沒事了……真是人算不如天算。」

河瀨川在鐵板上塗抹醬汁，然後以小鏟子使勁刮，臉上還露出失望與苦悶的表情。如果我的頭在鐵板上，肯定早就被那支看了就很疼的小鏟子鏟成好幾塊了。

「呃，真的……很抱歉。」

「沒關係啦。畢竟的確像純屬偶然，要怪就怪我運氣不好。」

活動結束後，她立刻揪著我的後領，來到附近的御好燒店。然後對我反覆審問。

簡單來說，她懷疑我是否知道她以大藝大小姐的身分參加這場活動，跑來嘲笑我。

不過嫌疑立刻就洗清了。因為有證人。

「哎呀，真的很抱歉。想不到本人拜託大大帶路，卻發生這種事情。」

多虧竹那珂小姐幫我說明原委。

「沒關係啦，這件事本來就沒什麼不好。我再說一次，只是我自己運氣不好。」

說著，河瀨川看向我，

「你對任何女孩都很親切，真的毫無區隔呢。」

「呃，是、是嗎。」

她一如往常，哼一聲別過頭去。

「請、請問……有件事情想請教一下。」

有些戰戰兢兢的竹那珂小姐略為舉手發問。

「想請教的事情，請教我嗎？」

河瀨川反問後，竹那珂小姐用力點點頭，

「請問，河瀨川小姐是那一位河瀨川小姐嗎？和大大一起製作遊戲，也是『繁星之歌』的製作人……」

「嗯，就是我，怎麼了嗎……欸!?」

河瀨川點頭的瞬間，竹那珂小姐便一躍而起。

「果然沒錯!!其實我非常嚮往您呢！您就是大大的好夥伴，依靠超群處理能力與判斷力，引導作品完成的河瀨川小姐！能親眼見到您真是太光榮了!!請和本人握手好嗎!!」

一口氣說完後，她使出全力回握河瀨川緩緩伸出的手，臉頰幾乎要貼到河瀨川的手上。

「拜、拜託，這女孩怎麼這樣啊。橋場，喂！」

河瀨川當然感到困惑。

「她就是這樣。反正她人不壞，就容許她吧。」

「哪有這樣說的啊！真是的！」

剛剛才感到極度難為情的她，現在變成了困惑，完全不知道如何是好。

「本人有好多好多事情想請教河瀨川小姐!!既然機會難得，可以現在請教您嗎!?」

「冷、冷靜一點！總之握著的手不要用力甩！緩緩放下來！」

「怎麼會，這也是由衷對河瀨川小姐表達親愛之情，以及尊敬之意的表現！啊，方便的話還能向您索取簽名嗎！」

「為什麼我還得簽名啊！適可而止一點……等等，不要貼著我！快點離開啦！」

之前遇到齋川也是一樣，難道河瀨川有吸引學妹不放的魅力嗎。

（不過這麼一來，氣氛就頓時改變了……無妨。）

剛才的解釋也好，或許竹那珂小姐就這樣救了我吧。

◇

之後我們邊夾御好燒吃，同時以竹那珂小姐詢問河瀨川各種問題為主。還真是難得的光景。

問題十分五花八門，包括製作甘苦談，以及如何學會必要技能等。河瀨川則有條有理地完整回答她的所有問題。

（她在這方面真是不得了呢。）

雖然不時對我發出怨恨，讓我背脊有些發涼。

不過突如其來的餐會比想像中更和平地結束，然後我們踏上歸途。

中途在天王寺站，與另外有事的河瀨川道別後，我和竹那珂小姐搭乘平時的南大阪線。目前下班尖峰暫時緩和，運氣很好的我們找到並排的座位。

「呼～還好有座位坐！」

「嗯，這個時間沒那麼多人。時間正巧呢。」

「話說回來，河瀨川小姐果然很了不起。能和她談談真的太好了！」

竹那珂小姐同時對河瀨川大加稱讚。

「不過妳竟然會關注她呢。一般而言，很少有人會注意到檯面下的工作人員。」

「大大怎麼這麼說呢。大大不是早就知道，本人專門關注這些人嗎～」

也對。畢竟她關注的不是白金世代的大家，反而是我，所以她知道河瀨川很正常。

「話說竹那珂小姐。」

「嗯？」

「妳以前有沒有嘗試過？繪畫啦，音樂啦，或是劇本啦。」

影傳系很多學生原本在其他領域活動，然後才轉換跑道來念。當然也有人像河瀨川這樣，一開始就想走電影這一行。不過大部分學生都像志野亞貴、奈奈子與貫之這樣，從其他領域對影視有興趣而來就讀。

所以我以為竹那珂小姐也是這種類型的人，

「不，本人沒有接觸過。以前各方面都摸過一點，卻都不順利，總是半途而廢。本人真的什麼都不會呢～」

她這樣還真罕見呢。

「妳不是看了春日天空或繁星之歌，深受繪畫或音樂吸引嗎。」

「本人當然認為實際的創作者很厲害。不論繪畫、音樂或劇本，本人全都一竅不通。」

突然。

竹那珂小姐的臉上似乎閃過一抹與平時不同的表情。

「藝術的世界給人一種印象，如果沒有躋身頂級，就根本無法靠這一行吃飯。所以本人以前一直很失落，覺得自己與這一行無緣。但是本人後來知道還有製作人這種職位。」

聽得我一瞬間心驚。

嚮往創作，自己也想嘗試，可是卻不知道該從何著手。

然後對製作人這一行感興趣，簡直就像……

「然後本人開始關注幕後的工作人員。像是發表作品、角色命名方式，或是細節文章之類。這些沒有寫出創作者名字的部分，肯定都由幕後工作人員負責，所以本人才嘗試觀察。還在網路上與很了解這部分的朋友們聊過，這才終於見到大大本人。」

她看了我一眼，然後咧嘴一笑。

「即使以前沒見過也沒說過話，但本人很嚮往大大。雖然只能透過想像，理解大大是什麼樣的人，以及從事什麼工作。但是本人可以體會，如果少了大大，這部作品肯定無法完成，或是無法整合大家。」

然後她得知大藝大這間大學，無意間就從原本要考的普通東京私立大學，轉而跑去考影傳系。

「不過就讀之後才發現，一年級和高年級完全沒有交流呢。原本也考慮過加入社團，不過本人覺得應該先問問老師，所以才跑去找加納老師。」

「然後透過直接對談得知打工，才來到得勝者軟體，是嗎。」

竹那珂小姐面露笑容，回答：「沒錯！」

「不過真虧老師願意聽妳說呢。」

加納老師很關心學生，會親自與學生對談。但前提是學生確實在創作，或是思考。如果學生無所事事，遊手好閒混日子，老師會完全不理不睬，甚至讓人感到冷酷。

不論竹那珂小姐的願望多麼強烈，可是光靠語言與行動，老師應該頂多只會感到有趣。或許會說下次安排我們見面，但介紹得勝者軟體打工這個大難關，我覺得有點太扯了。

她究竟用了什麼密技呢。在我感到疑問時，

「啊，本人當然不會兩手空空跑去啦～！聽說老師非常忙碌，所以本人製作了簡報帶去喔！」

「簡、簡報……？」

「嗯！」

以下是她使用的戰術。

向老師約時間時，她堅持給她三十分鐘就好，會在時間內說完一切。還將內容整理成十張文件檔，包括自己究竟多麼想見到橋場恭也的原因，以及遇見後要做什麼的願景。然後她大方在老師面前講解。

「在本人說明完後，加納老師大笑一番。還稱讚本人非常有趣，願意居中牽線讓本人見到大大！啊，大大要不要看本人的簡報呢。本人一直放在包包裡，心想說不定有機會讓大大見識一下呢！」

然後她交給我一份列印後，裝在透明資料本的簡報。

「原來如此，我明白了。」

我實際上接近三十歲，在我看來這種戰術很常見，其實不足為奇。

但是竹那珂小姐不久前還是高中生。這樣的孩子若懂得製作有模有樣的簡報，在老師面前毫無懼色地發表，加納老師肯定會滿臉笑容迎接。

（話說這做得真精緻啊。）

剛才她說繪畫與寫作都半途而廢，但是文句通順又易於閱讀。插圖的運用與版面設計都早已超越大學生的水準。

原來如此，怪不得老師會介紹她去得勝者軟體打工。

「然後順利通過打工的面試，獲得了與我共處的機會嗎。」

「沒錯！不過本人才一年級，還要上課，所以根本沒時間與大大說話。」

聽她說到這裡，我才發現。

「咦，等一下，竹那珂小姐。妳不是很難擠出時間打工嗎……」

「是啊！學分也修得很辛苦。不過本人已經做好覺悟，只有這個方法才能直接與大大說話。」

一開始聽到她追著我就讀藝大，我的印象是她真奇特。不過真要說的話，其實接近『她是個有趣的人』。

不過從她口中再次聽到過程後，我才終於發現無法以奇特看待她。

而是純粹覺得她很厲害。她並非單純出於嚮往才慕名而來。正因為有了心理準備，如今她才能在這裡。

「所以大大真是罪孽深重啊。」

雖然她打趣地說，

「是嗎……」

但這句話正面刺中了我。

我想起剛才自己在想的事情。聽到她的說詞，我心中想起許多頭緒。

因為彷彿見到了以前的自己。

即使想創作，可是一無技能，二無異於常人的熱情。但依然堅定想走創作這一行。這種矛盾甚至自私的願望，讓她發現了製作人這條路。

不過她不像我曾經放棄夢想，柿子挑軟的吃。她始終維持一開始抱持的夢想，持續探索並努力。既沒有找藉口，還立刻付諸行動，最後來到我的身邊。

看著在一旁開心滑手機的她，我發現自己對她有幾分畏懼與敬意，以及強烈的興趣。同時我也害怕，自己竟然成為她嚮往的對象。

（原來我一直將這麼可怕的事情當成熱情的火種啊。）

嚮往某位創作者，追尋對方的腳步其實很常見。要說最近的例子，就是齋川。某種意義上我利用了這層關係，不僅讓志野亞貴重新振作，也讓齋川充滿幹勁。

但這也形同施加壓力，改變他人的人生。雖然我沒有直接問本人，但她們心中應該或多或少都有意識到。

我的反應則是裝作沒看到。雖然我用個人主義這種藉口當擋箭牌，但我後來放任她們自由發展，看會產生何種影響。

幸好她們建立了良好的關係，還相互在畫技上較勁。目前她們彼此既是勁敵，又是學姊學妹的關係。但這只是她們的努力與運氣朝最好的方向發揮作用罷了。

讓憧憬自己，主動接近的對象維持憧憬的心情。

我現在才知道，自己正在體會這種恐怖。

「呼啊……如果又在大大您身旁睡著，那就抱歉了……」

「沒關係，妳睡吧。」

她回答『好～』，同時很快便聽到她睡著的鼻息。肩膀附近傳來柔軟的觸感，以及體溫。

不過這和之前感覺到的有很大的差距，應該也沒有任何歪腦筋。而是壓在肩膀上的沉重負擔。

◇

在喜志站叫醒竹那珂小姐，目送她回去後，我搭乘公車回家。

最近經常很晚才回到家。路上能看的景色變少，就難免專注於內心的想法。所以這段時間，我煩惱的事情愈來愈多。

（我明明會的不多。）

製作人聽起來很了不起，其實我只是應用自己的所見所聞。而且我只是帶著十年後的知識，身為活在這個時代的橋場恭也，目前幾乎尚未確立任何事物。

從公車站回家的路上，我邊走邊想這些事。邊想邊走，就覺得距離變短了。不知不覺中，我已經站在家門前。

思緒沒有結論，心情一團亂的我轉動鑰匙，打開大門。客廳的燈沒開，大家似乎早已回到自己的房間。

「大家都在努力呢。」

我帶著放心與一抹寂寥，嘆了一口氣，然後走上二樓。

打開房間電燈後，我坐到電腦面前，準備簡單記下今天發生的事情。藉由寫些簡單的日記，可以發現自己的立場與想法的變化，所以我最近能寫就寫。

「遇見河瀨川。心想她做什麼都很認真，果然有她的風格。然後聽竹那珂小姐提起她的事……」

寫到這裡的時候，

「嗯？」

我聽到有人輕輕敲門的聲音。

「誰啊。」

從椅子上起身，我走向房門口。轉開門把，發現門外的人，

「抱歉突然來找你。你現在方便嗎？」

是貫之。

「嗯，沒關係。先進來吧？」

貫之回答『好』之後便進入我的房間。他一反常態，禮貌地坐在之前一起創作時，就像指定座位一樣的坐墊上。

「話說最近如何？打工很忙嗎？」

「嗯，感謝關心，最近工作得很充實。雖然目前還是生手，努力讓自己派上用場。」

我回答他後，貫之便沉吟一聲「唔～」並且抓抓頭，

「是嗎，這樣啊……你很忙呢，沒時間對吧。」

顯然有事相求卻猶豫不決。

「貫之，你有什麼事情想拜託我嗎？」

察覺的我先一步開口後，

「沒啦！不是這樣的，這終究是我自己的事，只是想聽聽別人的意見，呃……」

說到這裡貫之頓了半晌，突然雙手置於茶几上，

「拜託你，恭也！能不能幫我看看我的作品！」

低頭懇求我。

「咦？」

我唯一的反應是驚訝。

「總、總之到底是怎麼回事，詳細告訴我吧。」

「噢，好。」

貫之抬起頭後，再度和我商量。

其實商量的內容很單純，但一如我所料，很難解決。

我之前聽說，他改輕小說的原稿改得很辛苦。原來他的煩惱是修改時無從下筆，找不到該補強的地方。

「似乎要修正的不只是紅筆批改的部分。」

聽說他的責編表示，紅字頂多只是重點提示。要進一步下功夫，讓故事看起來更有趣。此時作家的努力與語感會影響文筆的水平。

「話是這麼說……可是實在太籠統了。我真的不知道該補強哪裡，以及怎麼補強啦。」

身為作者，不可能完全俯瞰自己的作品。甚至有些問題得讓讀者看過才能發現。

「意思是要我充當讀者嗎……」

貫之懇求我，在向責編回稿前，希望我扮演過濾與提供增修意見的人。

「當然，恭也你只要看過後，告訴我你的感想就行。只要聽了你的感想，我就會自行解釋並修改。」

「原來如此……嗯……」

如果只是看過提出感想，我馬上就能做到。這件事本身不難。但如果要提出有意義的意見或感想，難度就會陡增。

畢竟這是川越恭一的出道作品，責任重大。但我如果逃避，貫之的痛苦就無法消除。

我沒理由不接受。

「知道了，我試試看吧。」

「是嗎！真是幫大忙了，那就拜託啦！」

貫之的表情頓時開朗不少。修改的工作對他造成的壓力似乎比想像中沉重。

（總之明天還是找一天，去集中採購輕小說吧……）

首先我得仔細看過這個時代出版的輕小說。要知道這個時代流行什麼，什麼樣的題材受到歡迎。還不能只有模糊印象，必須清楚記在腦子裡。

然後我決定比較貫之目前在修改的原稿與暢銷作品。盡可能明確指出表達與架構有什麼差別。

（先試試看吧，試了再說。）

我在日記寫下明天預定去逛書店，然後吁了一口氣。

◇

隔天下課後我前往書店，依照昨天的計畫蒐購輕小說的新刊。然後捧著裝滿紙袋的輕小說，回到共享住宅。

「我回來了～」

我嘿喲一聲，腰桿使勁支撐紙袋並開門，正好見到志野亞貴在客廳泡麵。

「歡迎回來，剛才去書店了吧。」

見到我帶回來的東西，志野亞貴向我開口。

「有些東西得認真研讀一下。所以我才跑去買。」

志野亞貴『嗯～』一聲回應我，

「該不會和貫之有關吧？」

「咦，妳怎麼會這麼想？」

我以為貫之會希望向大家保密，所以模稜兩可地回答，

「因為我之前說你不在。結果他有些煩惱，我才猜想他有事找你商量吧。」

原來如此，他透露過這些啊。

「算是幫他一點小忙吧。話說志野亞貴，插畫的工作後來如何了？」

我只是不經意地問問看進度，

「唔……」

結果出乎意料，志野亞貴歪著頭，

「能不能找你談談呢？」

說著，志野亞貴問我能不能去她房間。

製作遊戲時，我進過她的房間好幾次，所以坐的位置幾乎都一樣。但由於隔了一段時間，我有點緊張。

（書又變多了呢……）

一如往常堆積如山的畫集與資料又變多了，看起來魄力大增。

「抱歉，房間總是這麼亂。」

「不會，沒關係。話說要談什麼呢？」

志野亞貴咧嘴一笑，然後端坐在資料依然堆積如山的房間中央，看向我。

我也有樣學樣，坐在她的前方。

「那麼我就說囉。」

某種意義上，她的煩惱相當奢侈。不過考慮到她的個性與對品質的意識，的確是相當深奧的煩惱。

目前由志野亞貴負責插圖的輕小說正準備出版。原稿順利地累積，人設也幾乎確定了。

乍看之下完全不需要擔心，

「責編完全沒有意見，讓我感到有些不安。」

而這才是志野亞貴的煩惱。

這次的責編很年輕，個性溫柔又穩重，給人印象特別好。但是卻也讓人不安，就是對提交的作品大開綠燈。

聽說對方是志野亞貴負責作畫的〈藍色星球〉大粉絲。看來對志野亞貴提交的稿件也給予過度的信賴。

「當然，對方是職業編輯，我想應該有仔細看過。」

所以志野亞貴找我商量的，

「意思是要我負責插圖的雙重確認嗎。」

「嗯，有恭也同學看過就能放心了。」

連以前的職位算在內，我一直負責檢查插圖。包括場景的呈現方式與人物姿勢，以及表情等。我有自信比外行人做得更好。

但這是輕小說的插圖。理所當然，呈現的重點與遊戲和動畫不太一樣。另外有許多以前沒有的元素，例如彩色與黑白的差異。

現在突然要我檢查。而且我檢查的內容有可能相當重要，這可不能隨口答應。

（不過我很明白志野亞貴的煩惱呢。）

檢查插圖的重點包含對心理層面的影響。就算看起來完美的內容，一旦聽別人說不需要修改，反而經常會疑神疑鬼。

這時候有種方法可以讓繪師放心，就是刻意指出微不足道之處修正。

志野亞貴的作畫能力相當優秀。所以很有可能真的沒什麼好挑毛病的，

「知道了，那我試試看。」

但既然多個人能讓她格外放心，那我就努力看看吧。

「抱歉喔，真的幫了大忙呢〜」

志野亞貴露出打從心底放鬆的表情。光看到她的模樣，就知道她需要有人負責檢查。

再跑一趟書店，瀏覽畫集與遊戲的設定資料集，以及輕小說的封面吧。這個時代還有插圖的流動網站，從這些地方仔細觀賞也很重要。

（明天得帶大一點的包包才行呢。）

又是輕小說又是畫集，這幾天要扛的東西似乎會愈來愈多。

◇

隔天要打工，所以我決定等下班後，一個人順道去書店。

今天排班只有我一人，回家的路上特別安靜。

「愈來愈習慣那股喧囂了呢。」

感到些許寂寥的同時，我走近喜志站附近的書店。

以前尋找影視相關書籍也是，這間書店規模不算大，卻陳列了相當精準的好書。可能是做藝大生的生意，逐漸掌握了學生的傾向。或許工讀生就是藝大的學生，也可能兩者皆是。無論如何，真是好事一樁。

所以我經常在這裡碰到念藝大的朋友。以前就巧遇過九路田，還包括社團學長與系上認識的對象。如果連沒發現的也算進去，應該相當多人。

「我看看，畫集……在這裡吧。」

種類格外齊全的漫畫區旁邊，是陳列全開本書籍的書架。有日本畫、西洋畫、寫真集，還有美少女插圖相關畫集，種類相當豐富。

在我即將拿起放在平臺上，最近發售的遊戲畫集時，

「啊，這不是恭也嗎。」

熟悉的聲音喊我的名字。

「奈奈子，妳來啦。」

和在家裡與大學時不一樣，今天的奈奈子有稍微打扮。

「剛才討論完，在回家的路上。想看看有沒有在找的樂譜，結果似乎撲了個空。」

說著，奈奈子仔細端詳我手中的畫集，

「……恭也，難道你喜歡這樣的女孩嗎？」

畫集封面的女孩十分年幼，很難當成戀愛對象。

「我不知道妳想說什麼，不過不是啦。這只是單純的資料。」

奈奈子『哦～』了一聲點點頭，

「恭也果然多方學習知識呢。」

「與其說學習，其實只是親眼見識自己感興趣的事物而已。如果不懂卻裝懂，就永遠學不會。」

嘴上說得冠冕堂皇，但如果志野亞貴沒有找我談，我應該也不會如此認真看待插圖。

「話說啊，恭也你對音樂也有興趣吧。」

感覺奈奈子偷瞄了我一眼，開口問我。

「當然啊……怎麼了嗎？」

在我反問她這個問題的意圖時，

「恭也，等一下你有時間嗎？」

她並未回答，而是向我提議。

與奈奈子談過後，我和她一起回到共享住宅。然後我直接回自己房間，將手中的畫集置於地板，直接躺在棉被上。

「唔，該怎麼辦呢。」

奈奈子找我商量的內容和貫之與志野亞貴一樣，是關於目前的工作。

而且更加直接，是與她的作品有關。

「製作人，是嗎。」

我翻了個身，同時覆頌了一遍奈奈子的委託。

之前奈奈子從同人領域跨足合作或委託的徵詢時，我刻意讓她自己回應對方。考慮到如果她失去了自主性，會妨礙她將來的成長。

結果是她能依照自己的想法，與他人接觸或創作。實在不明白的部分也會問我，不過其他部分已經可以放心讓她全權處理。

但正因為學會了自己處理，奈奈子才想更上一層樓。

「不論編寫原創曲也好，上傳既有曲子的翻唱也好。該怎麼說呢，我希望仔細思考，或是好好整頓一番。像是自己的動機，以及將來要如何發展，現在該如何做。」

「可是現在的奈奈子不就能做到了嗎？」

實際上，奈奈子已經學會仔細思考後展開創作。不論選歌或選擇合作對象，她都會主動思考後再行動，而且進步非常明顯。

「或許看起來是這樣，可是這樣還不夠。」

奈奈子深深吁了一口氣，然後打開電腦瀏覽器說「你看這裡」。

「這是在翻唱區努力歌手的排行榜。」

NicoNico 動畫在每個類型都有排行榜。翻唱區與 Vocaloid 則是最熱門的領域，排行榜每天的變化都讓人目不暇給。

其中奈奈子已經穩穩名列前茅。在同人界的粉絲眼中，應該已經有中上的知名度。

可是，

「或許你會覺得我厚臉皮，但我想更上一層樓。」

她卻清楚說出自己的目的。

「我不要受人吹捧。愈來愈希望更多，更廣泛的群眾聽我唱歌。所以我覺得必須更努力才行。」

可是，說到這裡她頓了半晌，

「再這樣下去，思考的時間會愈來愈多，有可能跟不上。實際上我聽說，有些名列前茅的歌手是團隊合作。所以我才覺得，自己差不多該仿效他們了。」

「意思是希望有人幫妳思考戰略？」

「沒錯，就是這樣！可是說到能拜託的對象，我只想到恭也你而已。」

的確，如果要支援唱歌或作曲技術，問音樂系的杉本學長即可。但如果是Vocaloid或網路方面，自然就會跑來找我。

畢竟去年的比賽留下了強烈印象吧。

「可是我對音樂完全外行喔。應該只能提供外行人的意見。」

「關於音樂的話，這樣就行了。不如說你就想像一般人聽了音樂會怎麼想，然後告訴我就好。」

即使奈奈子這麼說，考慮到她剛才提出的要求，肯定不會滿足於這種簡單的意見。

可是我沒理由以實力不足推辭。因為是我拉她走上這條路，責任在我身上。更重要的是，她比任何人都期待未來的發展。

在我即將接受她的要求時，向她做最後的確認。

（保險起見，我得先提醒她，以免她完全依賴我。）

「奈奈子，我想妳應該知道，前提是妳要和我一起思考喔。」

但是奈奈子彷彿早就等我這句話，

「自己思考，沒錯吧。我當然有這種打算。我不會對你給我的意見言聽計從，而是仔細思考後再回答。」

既然她有這種想法，那我就沒什麼好擔心的。

「知道了，我試試看。」

「謝謝你!!有恭也你陪伴我，我就特別放心！」

奈奈子非常高興，於是決定由我負責製作。

我原本以為接下來會與大家漸行漸遠。結果卻以不太一樣的形式，再度與大家維持關係。

不過三人委託的內容變得十分專業。更重要的是，與我當初的想法不一樣，目標變成提升創作的品質。這可是相當困難的任務。

之前我擔任的是製作助理，『助理』的重要性比較高。可是接下來要努力的方向，顯然偏重在『製作』的部分。

「製作人，是嗎。」

我再度說出自己心中的目標職稱。

為高度專業的創作者掌舵，一邊意識消費者的眼光，同時控制創作的品質。理所當然，需要各種困難的知識與經驗，也需要判斷力。

我終於要跨出第一步。

其實我本來想進一步提升技巧後再挑戰。不過這份工作可能根本無法等我準備就緒。

「或許大家都是這樣學會的。」

只能做好心理準備。

不論自己以前做過什麼，目前我已經會對他人產生影響。我再度體會到，自己已經無法逃避。

負起責任，這四個字用說的很簡單，其實本來不該輕易承諾。

「畢竟要賭上人生呢。」

若要講些冠冕堂皇的理由，假裝偽善者的話，乾脆徹底扮演個人主義者。況且我就是從那灰暗的未來回到過去的啊。

我有要引導的對象，也有人跟隨在我背後。這一刻我才明白，為了磨練自己，理所當然也要磨練他人。

以製作人為目標的這條路，果然既漫長又艱險。可是毫無疑問也很有趣，而且走起來很有價值。

「來吧。」

我感覺好不容易隱約找到，自己該走哪條路了。

第三章　LOAD

時間到了六月，蒸騰的潮濕暑氣籠罩大學周邊。耳朵逐漸習慣蟬鳴聲之際，我再度來到影傳系研究室。

「我要以製作人為目標。」

一如往常，我當著特別熱的咖啡面前如此宣布。

「是你之前說過的嗎。意思是你已經做好當指揮官的心理準備了吧。」

我回答『是的』並點點頭。

「你應該也知道，製作人這個頭銜聽起來很響亮，所以騙子和爛人也特別多。比方說，影視製作人的職務範圍其實很清楚。但如果負責對象是個人作家，連準備三餐與照顧寵物都是重要工作，很難一概而論。」

關於這一點，以前製作美少女遊戲時我就有經驗。原畫師完全是個生活白痴，我還得幫忙倒垃圾，繳交公共費用。那真是美好……不，很不好的回憶。

「再加上你打算成為什麼樣的製作人？我想先問的是這個問題。」

我毫不猶豫回答。

「基本上是遊戲製作人，但我不打算限縮領域。而是老師口中的騙子或爛人。」

聽得老師哈哈大笑。

「哈哈，真是下定了決心呢。不，既然你已經知道，那就無妨。」

而且老師沒有否定我。

思考製作人這種工作時，人脈與職務範圍當然愈廣愈好。有些事情如果在縱向，亦即相同職務範圍解決不了，透過橫向涉足其他領域就能輕易解決。

不過如果人脈都不太正經，就會變成老師口中的油滑人物。即便如此，應該也有機會潔身自好。實際上的確存在為人正經，人脈又超廣的製作人。

「不過。」

老師的表情變得嚴肅。

「理所當然，如果你通通都要涉獵，這條路就會很難走。你知道這一點吧？」

「嗯，其實我已經有心理準備了。」

製作人的職務範圍其實非常曖昧。大半時間的工作內容和總監差不多，同時有人像超人一樣，各種管理業務一把抓。也有人只專注於管理預算，將其他工作全交給別人。甚至有人說，「只要職位安排好，製作人的工作就完成了八成」。

所以沒有什麼事情能保證提升製作人的技能。包括培養編預算的感覺，還要懂得行情價，學會安排行程表。這些都屬於技能，但充其量只是業務的一環。

一切都得從經驗學習，這種工作是沒有教科書的。

「你必須自己決定這些曖昧的事情。橋場，你即將涉足的領域非常麻煩，得自己找工作來做。」

沒錯，沒有上司吩咐該做什麼，而是得自己去找，運用他人。這才是職業製作人的責任。要達成這個條件，得靠信賴與實際成果，以及成為有說服力的人才行。

「橋場，你目前在幫得勝者軟體製作的遊戲 debug 吧？」

老師精準地說出我目前的工作內容。

「是的，我一直在檢查手遊的修正。」

「這是很好的教材。debug 可是各項要素的藏寶室。單純機械化地完成工作，以及針對每個案例分析並且吸收，會有天壤之別。你要好好學習。」

我默默點頭。一開始我的確以為 debug 只是單純的打雜，但是不僅能看到遊戲系統與設計思想，還覺得能學到很多東西。我甚至心想，如果是我擬定企劃就會這麼做。

（難道是看穿了這一點，才讓我負責的嗎。）

堀井先生不常直接找我們。但每次有話找我們談的時候，內容都很有趣。他似乎也認識老師，我猜想他甚至在關照我的成長吧。

「堀井以前念書的時候，就有當總監的資質。他會孜孜矻矻地做出好東西，所以由我負責執行，兩人取得平衡。」

「哦……原來當時是這樣分工的啊。」

的確，堀井先生不會展現強烈意志，引導他人行動。不過他現在身為職業製作人，負責統籌現場。

「人在創作作品的同時，作品也會塑造人。堀井同樣屬於這一類。他一點一滴吸收，改變自己的形式，塑造了現在的他。」

「真是有趣。原本是不同類型的人，卻因為作品而改變。」

「對啊。所以橋場，你也別強迫自己侷限在某種類型中。自然地朝想努力的方向前進，都會對你有幫助。」

我回答『是的』。雖然目前我還不知道自己是什麼類型。

加納老師開心地微笑，

「從事教師這一行，甚至會產生錯覺，覺得自己說不定很偉大。何況是大學老師，更容易得意忘形。」

「但是實際上老師很了不起啊。不是什麼人都能當老師呢。」

「這也是命運的巧合與運氣。人沒有自己想的那麼了不起啦。」

同時語帶自嘲地笑著。

「不過啊，如果仔細審視教人這一行，很快就會發現，受到指導的其實是自己。因為要教別人，就得學會足夠的知識與技能，直到可以教人才行。換句話說……知道這是什麼意思吧？」

「教學相長，是這個意思嗎？」

老師點點頭說「沒錯」。

「人與人之間的相處，不可能單方面享受好處。即使程度有差距，肯定雙方都有收穫。所以在這個時間點，橋場你負責指點竹那珂，其實非常有意義。」

剛提到她的名字，老師便咧嘴一笑。

「怎麼樣，她很有趣吧。」

「嗯，是啊……多虧老師，我受到各種刺激呢。」

剛見面的時候，我以為她只是個很熱鬧的人物。現在我對她的印象已經大幅改觀。

遲到算是她的美中不足之處。不過她的工作能力很強，腦筋動得快，和她對話可以談得很愉快。由於經驗不足，有時會冷不防語出驚人，但應該很快就會減少。

「她有提到簡報嗎？」

「有啊，聽說她突然準備資料，請老師給她三十分鐘呢。」

老師一臉苦笑，

「真是吃驚呢。就我所知，沒有任何新生提出這種要求。而且她的要求是安排與你見面，實在是太有趣了。」

呵呵笑的老師開心得前仰後合。她似乎相當中意竹那珂小姐。

「其實光靠她的畫技，都可以去念美術大學了，竟然會跑來唸影傳系呢。」

「咦？」

一瞬間聽得我懷疑自己的耳朵。

「可是我聽說竹那珂小姐摸索過很多領域，卻多學不精呢。」

「對了，她好像會彈鋼琴，甚至參加過合唱團。念高中時參加美術社，還參賽得過獎。」

聽得我啞口無言。她還真是十項全能啊。

「都已經有能力得獎，卻依然認定自己無法以這一行維生。這就是新生竹那珂里櫻。」

「好可怕的人才……」

製作人不需要畫技、筆力或唱歌能力。不過理所當然，會的話更好。而且在這些方面的發言權會更強。

她如果擁有目前的技能成為製作人，肯定會成為大咖。

「沒錯。想到有這樣的學妹一直追隨自己，會比平常更有幹勁吧？」

「嗯……是的。」

現在我才終於明白，老師究竟要我做什麼。

就像我之前安排志野亞貴和齋川。對於已經有一定水準的人，安排既嚮往又能施加壓力的對象，藉此刺激以產生幹勁。老師對我的安排幾乎一樣。

（這麼厲害的學妹在身後追尋我啊。）

教學相長，同時利用被追上的恐懼的壓力，刺激我繼續前進。

（真是可怕的老師。）

老師依然一臉笑咪咪。雖然她一句話也沒說，但心裡肯定在這麼想。

接下來換我煩惱了。

之後和老師又聊了許多。包括接下來的創作，目前在 debug 的遊戲，以及如何安排他人。

不知不覺中聊得相當深入。

我看了看時鐘，道謝後並起身，

「啊，對了。」

像是最後想起什麼，老師向我開口。

「阿康最近還好嗎？肯定還在打工吧？」

「請問阿康是誰呢……啊。」

反問老師的同時，我這才想起來。

「是指茉平先生吧？」

「沒錯，茉平康。我們朋友圈都這樣稱呼他。之前沒告訴過你嗎。」

總覺得老師直呼他名字的關係比較特殊。不過我想起，在我們共享住宅也是稱呼大家的名字。

「他很好，而且我受到他很多照顧。他是相當優秀的人呢。」

我說出自己的心裡話。實際上自從開始打工，我在各方面都學到很多。正因為沒有太在意他的前輩身分，才能徹底觀察他。

原本我以為老師也會很高興，

「沒錯，優秀……而且非常優秀。正因如此才擔心他。」

結果出乎所料，老師露出有些擔憂的表情。

「擔心，是嗎。」

「別看他那樣，其實他有脆弱的一面。雖然不至於出什麼大包，不過你幫我留意他。」

「好、好的。」

老師的反應出乎意料。

這麼說來，以前和前輩談話的時候，他的表情看起來有些鬱悶。但其實也是暫時的，而且我的印象並不深。是聽老師提及，我才想起這回事。

（不過還是先記住吧。）

既然老師刻意提到，就不要輕率地認為沒什麼。我心想，下次如果發生什麼事，要設法想起老師的話。

◇

「阿橋，試著問我下一個問題。」

在我面前是表前嚴肅的桐生學長。一身完美到和學長不搭的西裝，光是這樣就讓人想笑了，嚴肅的表情簡直犯規。

「呃，那麼……請問這臺護貝機有什麼特徵呢？」

「嗯！顧客您問得真好！敝公司販售的全開用護貝機為正式機種，最大可以處理A〇尺寸的文件。黏合時能最大程度防止空氣進入的高溫瞬、瞬間、瞬間……」

「高溫瞬間硬化護貝系統。」

「對！就是這個！利用高溫瞬間黏合護貝，讓您只需一個按鍵就能輕鬆護貝，非常推薦您使用！另外附贈適用調理包與真空包的……呃，那叫什麼來著？」

「以不易破裂廣受好評的硬化膠膜。」

「噢，對對對，沒錯!!完蛋啦，我什麼都記不住!!」

桐生學長用力抓頭，急得跳腳。我沒理會學長的奇異行徑，開始看起手邊的輕小說。

「欸～阿橋啊，我明明進的是製作攝影底片的公司，怎麼在說明塑膠製品啊。」

「我哪知道。入職測驗時應該有說明吧？」

「我可以很自信地說，我完全沒在聽!!」

聽得我嘆了一口氣。

「那就是學長自作自受。再重新看一遍招募簡章吧。」

我愛理不理，結果學長又在我面前撒潑。

「我不要！我不要！我不是為了賣這些像妖怪一樣的塑膠製品才進公司的啦！既然要賣的話，我對〇・〇三公分厚的薄塑膠製品比較感興趣呢!!」

「學長可千萬別在公司開這種玩笑！要是被當成性騷擾丟了工作，我可不管！」

我又嘆了一口氣。為什麼學長會陷入人生處處碰壁的窘境啊。

桐生孝史二●歲，念研究所還賴在大學裡，結果今年春季竟然找到了工作。學長似乎打算賴皮到最後一刻。但聽說父母與交往中的女友下了最後通牒，學長才不情不願地就職。

不過學長在系上本來就成績優異，教授對學長也有好印象。因此進入國內一流，販售底片與化學藥品的公司。

可是……

「真倒楣，碰上攝影相關部門縮編。」

在數位化的風潮下，整個底片行業都開始縮水。

桐生學長進的公司也不例外，從原本預定的底片部門調到塑料塗層部門。內容包括商用印表機，以及護貝加工。

「我對印表機一竅不通。真的，到底要怎樣才能喜歡這種東西啊。」

看學長實在可憐，但唯有這一點無可奈何。

「學長自己買一臺印表機，試著列印喜歡的色情圖片如何？或許會產生興趣。」

「我已經在公司印過了。還挨了上司一頓臭罵。」

居然已經實踐過了！還用公司的印表機！

總之桐生學長似乎想練習推銷話術，最近一直讓我扮演客人多方嘗試。可是最大的致命傷是缺乏興趣，不僅弄錯術語又記不住，實在讓人不看好。

「話說阿橋，你怎麼一直在看輕小說啊？有這麼喜歡嗎？」

我面前堆了好幾本輕小說。每一本都貼了便利貼，在引人入勝之處還做了筆記。

「這是為了檢查原稿的知識儲備。光是目前當紅的輕小說，如果不仔細閱讀的話，就無法分辨檢查的標準。」

不過以我的情況，其實只是確認歷史而已。

在我原本待的十年後世界，從小說投稿網站誕生的作品多不勝數。在這個網站的當紅類型就算是暢銷。

可是在過去的世界，投稿網站還不流行，新人獎的作品經常直接走紅。作品類型則包含奇幻、戀愛喜劇、戰鬥或是超能力，並未局限於特定類型。

所以我決定不去找暢銷作品的共通特點。而是分別挑出每部作品的優點，尋找那些能活用在貫之的作品中。

「阿橋你連輕小說插圖都看得很仔細，歌曲也只聽 Nico 動畫的，真的很了不起呢。」

其實這些都是確認的工作。

不過觀察過去的暢銷作品，我發現有趣的現象。其實這些小說和未來大受歡迎的作品都有明確的共通點。

那就是主題明確，概要簡明易懂，以及目標清晰。雖然還有其他原因，但這幾點是我的感受。

（能暢銷的作品都有原因呢。）

作品不紅，無論如何都會歸咎於時代因素。這樣比較輕鬆，自己受到的傷也會比較輕。

可是如果怪罪時代，最後時代就不會站在自己這一邊。反而逐漸遠去，再也不回到自己面前。

（必須隨時盡自己的一切努力才行。）

一旁的桐生學長再度與手冊的講義搏鬥，而我則再度繼續閱讀輕小說。

「欸，阿橋。」

「要練習推銷話術嗎？那就稍微再等一下。」

「不是啦。」

桐生學長刻意將座位移動到我面前。

「你有沒有想去的地方？」

「沒有。」

「突然想起，黃金週又沒什麼事情可做，不知不覺就六月了耶？再這樣下去，很快就要進入夏季了。」

都開始工作了還跑來社辦的人，說這什麼話啊。

「我才不去。我有很多要做的事情，而且提到校園生活的回憶，之前不是已經去白濱旅行了嗎。」

「那是學生時代的回憶！我現在想要的是疲憊社會人士的療癒！意義完全不一樣好嗎！」

「就說我沒時間了啦。況且桐生學長，去玩之前您有該做的事情吧？需要練習剛才的營業話術，上司不是也出了功課，要求您提出新事業的點子嗎？」

「我不要!!我不想看到滿口大道理的阿橋！拜託啦，帶我去玩嘛!!」

學長終於開始在我面前滿地打滾。難得整齊的西裝要是皺了，我可不管喔。

「拜託學長不要任性好嗎！不然就要向學長的女朋友告狀，請她來罵……」

我話說到一半，背後傳來有人的感覺。

回頭一瞧，

「橋場學弟……」

發現是同樣身穿西裝，今年春天順利畢業後內定就業的樋山友梨香小姐。

「咿，友、友梨香小姐!?」

見到她的模樣，桐生學長嚇得後退。

「樋山學姊，您來得正好！請稍微嚴厲一點，罵罵您的……」

『男朋友』三個字還沒說出口，她就打斷我的話，

「嗚哇——！橋場！我也覺得工作好辛苦!!好想去玩喔!!」

樋山學姊和她的男朋友一樣開始耍賴，以前從未見過學姊這樣。我啞口無言目睹這一幕，桐生學長拍拍我的肩膀，

「明白了吧……人生很辛苦呢。」

「學長得意什麼啊。」

◇

於是在美術研究會的畢業學長姊臨時提議下，我們組了一團當天來回的北陸海鮮之旅。一開始本來考慮過夜，可是預算會爆表，加上時間有限，最後決定當天來回。

「真的很抱歉……我真是的，不小心醜態百出。」

擬定企劃的我身旁，樋山學姊一直表示歉意。

「沒關係啦。不過連樋山學姊都鬱悶成這樣啊，社會人士真辛苦。」

樋山學姊嘆了一口氣說『就是啊～』。

「其實工作很開心，也很有努力的價值。不過還得思考一大堆多餘的事情，像是人際關係。真——的很會累積壓力，連我都開始討厭自己了。」

聽學姊的口氣，真的很煩吧。

學姊在美研內很克制，而且曾經像桐生學長的監護人一樣，結果連她都快崩潰。社會人士真是充滿黑暗啊。以前我在黑心公司工作的時候，同樣一直妄想自己在北海道的漁港工作。

所以這項企劃也不是完全沒用。應該吧。

「總之參加的人有我，樋山學姊，桐生學長，河瀨川，貫之，志野亞貴，奈奈子。以上這幾人吧。」

「杉本要求職來不了，柿原要上班，齋川學妹忙著工作嗎。不過其他人會來啊……咦，結果火川學弟沒來嗎。」

「他啊，好像要和女朋友出去。」

我打電話給他，結果聽他開心地聊了半小時的情話，最後說他不來。

「學生情侶檔真好啊……哪像我們，念書的時候那個笨蛋一直態度曖昧，始終像友情關係的延伸。剛開始交往就馬上碰到求職，根本沒時間。他到底在搞什麼鬼啊。」

的確是桐生學長的錯。不過他似乎有仔細考慮過樋山學姊，並且去找工作，所以還好。

◇

之後樋山學姊同樣開心地向桐生學長抱怨，然後腳步沉重地回到社會人士的世界。我只能目送學姊難過的背影。

確認大家的行程後，決定本週五出發。

當天我原本要打工，於是為了調班，我打電話給茉平先生。

「哦，當日來回的旅行嗎。不錯喔，要玩得開心點。」

他十分爽快地答應了我的調班要求。

「感謝前輩。抱歉突然提出要求。」

「沒關係啦，目前工作正好沒有那麼忙。反而下週可能會有點拚。」

「下週有什麼事情嗎？」

茉平先生一瞬間支吾其詞，

「啊，堀井先生還沒告訴你啊。他真喜歡這樣呢。」

「咦，難道有什麼麻煩事嗎？」

我急忙確認，

「噢，倒不是。不過現在先別告訴你比較好，所以我也暫時保密。」

結果茉平先生反而吊著我的胃口。

「聽前輩這麼說，我反而會在意呢。」

「對你而言並不壞，放心吧。那麼下週見啦。」

茉平先生笑著說。

他的語氣一如往常爽朗流暢。在與加納老師聊過之前，我並不會覺得有什麼問題，

（他可能有脆弱的一面。）

但從剛才前輩的口氣，私底下可能有些蹊蹺。

「茉平先生，這個……」

「嗯，什麼事？」

……算了，這樣問也很奇怪。之前老師的說法，終究要等到關鍵時刻來臨才能驗證。

「噢，對了，您想要什麼樣的伴手禮呢？」

「哈哈，那務必幫我帶點甜食吧。」

加納老師喜歡惡作劇，但基本上很關心我們學生，是難得的好老師。我猜想老師無法對與自己有關的人置之不理，會忍不住關心對方。

所以老師特地告訴我茉平先生的事情，肯定有原因。

（總之目前先正常地應對吧。）

即使有些在意，我依然決定不胡亂揣測。

◇

到了旅行當天。

由桐生學長駕駛的箱型車，以及我們美研的成員都在喜志站前集合。雖然距離集合時間還有五分鐘，但大家都很優秀，沒有遲到。

「大家果然都很準時呢。」

我瞄了一眼手機確認。竹那珂小姐寄了一封充滿顏文字的簡訊，內容是『大大路上小心喔!!!』還拜託我拍照片傳給她，那就等一下傳幾張過去吧。

「大家都集合了嗎～？如果擔心暈車，就先到藥局買暈車藥。還有到休息站之前中途沒有廁所，所以先在超商解決吧。然後……」

桐生學長在集合地點手插腰，難得活力十足地說明旅行前的知識與準備。就像平時的我或樋山學姊一樣。

「學長真是幹勁十足呢。」

我向一旁的樋山學姊開口，

「因為大家能來參加，他很高興啊。我原本以為只有我們兩人，頂多再加一人。結果聽到總共有七人，他便喜孜孜地去租車呢。」

「哦……」

原來學長也有這麼有趣的地方啊。

「呼啊……恭也，我們可以不用開車吧？」

貫之忍不住一臉倦意地問我。

「去程由桐生學長開車，回程應該是我輪流開。貫之你趕原稿趕到早上嗎？」

「是啊，我想一口氣搞定你幫我挑出的部分。從晚上寫了將近五十張左右，現在睏死了。」

「那很難受呢，不過在車子裡可以睡覺，沒關係。」

聽我這麼說，貫之大大打了個呵欠表示「知道了」，同時迅速坐進後座。

「真期待貫之的作品呢。」

我點頭同意志野亞貴。包含奈奈子在內，我已經告訴大家，目前我分別為大家提供協助。

因為我認為這樣有機會領悟某些事情，而且……不會覺得只有自己落後大家。

「他似乎發現了努力的目標呢。之後就交給貫之發揮吧。」

比對人氣輕小說與貫之的作品後，我以簡明易懂的方式，向貫之解釋自己得出的重點。

像是情感的流動與營造劇情昇華的位置，貫之當然早就明白這些。不過來自第三者的指點，似乎果然比較有效。

「志野亞貴妳呢？封面插圖的草稿快畫好了嗎？」

「嗯，有幾張草稿已經完成了，等完成後再讓你看看。」

得到責編的首肯後，我也仔細協助志野亞貴的輕小說插圖工作。志野亞貴的構圖總難免偏遠景，我說明她與其他人的作品差異後，試圖讓她改畫一些近景。

（反正她應該不要緊吧。）

原本的問題就是責編標準太寬，反而讓志野亞貴不安。只要志野亞貴可以接受，問題應該不至於太複雜。

「好，那我們也上車吧。」

看到從便利商店回來的大家後，我也準備坐上車。

「欸欸，恭也。」

奈奈子從身後向我開口。

「我之前聽英子說了……」

她說是聽英子，也就是河瀨川說的，讓我感到氣氛有點不安。

之前在學園祭上唱歌，成為奈奈子與河瀨川相識的契機。現在兩人關係非常親密，或該算閨蜜吧。即使兩人完全不同類型，但根據河瀨川的說法，似乎是「由於橋場的關係，在各方面都意氣相投。」聽得我心慌慌。

「聽河瀨川說？說了什麼？」

「就是一年級，名字有點難念的那女孩。我想想，叫什麼呢？」

「竹那珂小姐嗎？」

「沒、沒錯！就是她！」

點頭示意的同時，我的腦中充滿了「哇，居然提到這件事」的想法。河瀨川可能以自己的觀點，告訴奈奈子之前我們在難波街上巧遇的事情。

如果只是這樣到無妨。不過河瀨川肯定有加油添醋，或是在她的觀點下有不同的解釋。

（要是她說我又勾引新的女孩，那可就麻煩了。）

正當我這麼想，

「好像是……可愛的女孩呢。我聽說她是你的粉絲，或者該說像徒弟一樣，這到底是什麼關係啊？」

對，可以確定，河瀨川加了不少內容。話說徒弟這個詞還是第一次出現耶！

「因為她說想學習影視、企劃方面的知識，我才會回答她的問題。彼此不是師徒關係啦。」

「可、可是這樣的話，距離不會很近嗎？」

「不會啦！今天同樣正常地各忙各的，她也沒有跟我們一起來啊。」

……實際上不久之前，她才說過想參加。還好我有堅決婉拒。

「來，時間差不多了，奈奈子妳也上車吧。」

奈奈子不滿地嘟噥『唔～』瞪著我的臉，然後上車。看她的態度，真擔心她會說什麼。

結果我擔心的源頭走進我。

「看你不知如何是好呢，『大大』。很有意思嘛。」

「拜託別叫我這個綽號，算我求妳了。」

河瀨川英子一如往常，露出不在乎的表情。

「妳對奈奈子說了什麼啊?她完全誤會了耶。」

「我先聲明，我只是說出很普通的見解。至於徒弟也只是看在旁人眼中的感覺，其他的都是奈奈子的妄想與想像。」

「或許是啦……」

或許我這麼說有點狂妄，但她對我有好感，而且也已經明確表示過。加上我目前決定專注在創作上，決定先保留回答。

所以我也不是不明白奈奈子的微妙反應。說是這麼說。

「她是學妹，對我以前的作品感興趣，希望我教她各種知識。所以我才教她的啊。」

聽了我的話，河瀨川深深嘆了一口氣。

「你這一點是可以理解，可是每次都聽得人很火大呢。」

「……不好意思。」

不過我之前也找河瀨川談論過好幾次『這一點』。她每次都回答我「振作一點」「說清楚不就好了嗎」。可是我始終無法決定，完全無法反駁她。

結果我又和可愛的新生學妹相處融洽，也難怪她會對我翻白眼。

◇

這次旅行的目的地是福井縣的敦賀。

距離大阪不遠，大約三小時就可抵達。而且有海鮮市場，還有能烤肉的露營地，因此桐生學長大力推薦。

「這裡真的是好地方耶！大藝大的學生都喜歡去和歌山或那一帶去玩，不過福井距離不遠。更重要的是海鮮超好吃，超棒的～」

桐生學長心情愉快地開著車，一邊稱讚福井有多麼好。話說他以前有這麼推崇福井嗎。

「我不知道學長這麼了解福井。是因為之前去過，感覺非常良好嗎？」

聽學長如此誇獎，我以為學長之前留下很美好的回憶，

「不，這次是第一次。」

「……啊？」

「我有朋友是福井人，他說福井超棒的，我才會有印象～所以我也非常期待啦！」

車內一下子籠罩在不安的氣氛中。

「拜託，真的不要緊嗎，之前沒去過耶。」

貫之一臉訝異，

「考慮到之前的情況，我有不好的預感。」

河瀨川也完全同意。

「大家都太杞人憂天了啦！真要這麼說的話，美食網站與導遊指引豈不是通通不可靠嗎，別擔心啦！」

拜託，這些網站都有刊登明確的評價吧。

「既然他難得事先調查過，或者似乎聽其他朋友稱讚過，總之先去看看吧。」

樋山學姊難得幫學長說好話。我們的反應是「既然這樣就沒關係」，之後便不再疑神疑鬼。

進入社會工作後，桐生學長的確稍微改變了。不會突然對我提出莫名其妙的胡鬧，也學會自己預約飲酒會。並且不再懇求社上的女孩子Cosplay了（其實是樋山學姊盯得比較緊的關係）。

所以或許可以稍微相信一下學長……

「咦？」

還差十公里就抵達敦賀時，擋風玻璃響起劈劈啪啪的彈跳聲。

「呃，開始下雨了耶。」

「咦？怎麼可能，我有確認過氣象預報。今天應該整天都是好天氣，不會下雨才對。」

桐生學長有些慌張。

但是雨聲不斷變強，剛才還陰晴相間的天空，不知不覺中變成一片烏雲的陰天。

「氣象預報說白天就會下雨，降雨機率高達九十%喔。」

以手機看氣象預報的貫之嘀咕。

「不、不會吧，哪有這種事。昨天我的確仔細確認過氣象預報了！上頭真的說今天整天都是晴天耶。」

樋山學姊聽了桐生學長的抗辯後，

「我說，該不會……該不會有種可能性。」

「嗯？」

「你昨天看的是大阪的氣象預報吧？」

『啊……』一聲發現不對勁的氣氛後，是籠罩所有人的沉默。

過了一段時間，大約兩三分鐘左右，桐生學長才以小到不行的聲音開口，

「…………不好意思，我看的是大阪地區的氣象。」

車內頓時充滿嘆氣的唉聲。剛才大家隱約猜到的推論直接取代了現實。

「那是……什麼聲音？」

「車子外面好像有人在鼓掌呢。」

剛才在後座睡覺的奈奈子與志野亞貴似乎也被雨聲吵醒了。

靜得出奇的車內，我們一臉苦笑地心想『學長慘了』。駕駛座與副駕駛座則劈劈啪啪迸發激烈的火花。

明眼人都看出攻勢來自副駕的樋山學姊。駕駛座上的桐生學長，生命就像風中殘燭一樣。

副駕傳來一陣深深地嘆氣聲後，

「等會下車後要懲罰你。」

「好啦……」

樋山學姊的聲音聽起來嚇人，桐生學長氣若游絲地回答。

真是熟悉的光景啊，我莫名地感到懷念。

◇

結果原本預定的烤肉場地因雨無法使用。於是我聯絡海鮮市場的人，打聽是否有附屋頂的烤肉設施。

幸好今天是平日，而且下雨天也因禍得福。好不容易找到不用預約也能使用的場地。

「搞定了，七人似乎沒有問題。兩個小時之後就能使用。」

大家都放心地鬆了口氣。似乎終於避免花三個小時大老遠跑到這裡，卻敗興而歸的窘境。

總之解決了危機，我將買來的海產塞進後車廂，同時向桐生學長開口。

「幸好有驚無險搞定了呢，桐生學長。」

若是平時的學長，肯定會自豪地隨口回答我，還好有帶阿橋來，或是運氣特別好。

「嗯……真是抱歉啊。」

結果學長回答得有氣無力，一點也不像他，聽得我嚇一跳。

「呃，這個……」

在我難掩困惑的時候，樋山學姊從後方拍拍我的肩膀。

「謝謝你啊。真是抱歉，最後每次都拜託橋場學弟你。」

「沒關係啦，話說桐生學長沒問題吧?他好像真的無精打采呢。」

樋山學姊望向桐生學長，露出苦笑，

「今天他原本真的想展現自己可靠的一面呢。」

「咦……?」

桐生學長則迅速躲進駕駛座，發動引擎。有點像在逃離我們的對話。

「畢竟之前一直受到你照顧啊。畢業後他覺得應該振作一點，結果這次出了這麼大的包，似乎真的很失落呢。」

「其實不用放在心上啦。」

我真的受到桐生學長不少照顧，像是靜物攝影機或剪輯等專業知識。

所以真要說的話，籌畫或安排算是我擅長的領域，其實學長可以交給我。

（或許學長有自己的打算吧。）

心想至少最後要展現能力，結果卻犯了小錯。我可以想像學長肯定相當懊悔。

想到喜孜孜前去租車的桐生學長，就覺得他有點可憐呢。

「像這樣大家一起出門旅行的機會也愈來愈少了呢。」

凝視下雨的漆黑夜空，樋山學姊感慨良多地嘀咕。

是啊，這次旅行聚集了這麼多人，往後肯定會減少。應該說這次可能就是最後一次。

要在大家百忙之中喬時間，總覺得可以體會學姊的感慨。

「那就走吧。」

「好的。」

我們迅速上車後，顯得有些沉重的廂型車緩緩在夜晚的海邊行駛。

總覺得已經有點依依不捨的模樣了。

◇

不幸中的大幸是，烤肉地點相當不錯。設備嶄新又乾淨，而且屋簷也很大，防止雨水噴進來。

「太好了，這樣就能避免雨天澆熄了興致……」

我話才剛說出口，一旁桐生學長便大喊。

「哇塞～！就是這樣，我期待的就是這種場地啦～!!」

剛才的沮喪早已消失無蹤，見到烤肉設備後情緒亢奮的學長，氣勢十足地開始準備。

桐生學長使勁一拉，綁好圍裙的繩子，

「好！那麼我現在要俐落地解體這隻魚囉！」

同時說出很像未來網紅的慣用語，而且學長肯定不認識他。（註3）

「阿橋，我要一個個撬開這些貝類囉！」

「好的，麻煩學長了。」

「我要撬開囉！」

3　這裡指的是心血來潮的廚師（きまぐれクック），二〇一六年在水管開設頻道的網紅，以處理海鮮為主。

「咦，噢，那就麻煩學長啊。」

我和學長四目相接。先不論十足的幹勁，他的眼神的確透露出「其實我不知道怎麼做，教教我吧」的意思。

「噢，那麼我處理這些，麻煩桐生學長指示大家。」

「是、是嗎，不好意思啊！那就拜託啦！」

一邊苦笑的我，開始以專用刀具撬開牡蠣殼。

桐生學長從車子裡抱出紙箱，放在調理臺的角落，

「志野亞貴，奈奈子，還有河瀨川！」

然後叫來三名學妹，

「妳們三人分工合作，三兩下切完這些蔬菜吧！」

「好、好的！」

「知道了！」

奈奈子與志野亞貴立刻活力十足回答，只有河瀨川拿起洋蔥緊盯。

「怎、怎麼了嗎，河瀨川……？」

自從上次學園祭的 Cosplay 咖啡廳之後，桐生學長在她面前完全抬不起頭。學長以超低姿態詢問後，

「有指定怎麼切蔬菜嗎？」

「咦？」

「我的意思是，學長有打算怎麼烤肉嗎？比方說茄子，整顆直接烤與切開再烤有很大的區別。青椒也是，依照概念的不同，分為對半切或是切成四分。啊，還有杏鮑菇呢。這也有分喔，看是直接縱向切片，還是裹著錫箔紙烤。學長籠統地叫我們切蔬菜，可是判斷的標準太少了。況且……」

「沒、沒關係啦，交給妳自行判斷就好！啊，貫之，和我一起生火吧，生火!!」

「噢，好啊，我知道了！」

桐生學長試圖逃離河瀨川的追問，帶著正好走過身邊的貫之去生火。

「拜託，我話還沒說完呢！學長至少得先說明烤肉的概念，否則怎麼繼續呢！」

「交、交給妳了！一切都交給客戶全權處理，接下來我無權過問，敬請見諒！」

桐生學長一邊說著很假掰的敬語，逃離河瀨川的追擊。多半是在客戶那邊學會的。我則呵呵笑著一直注視這幅司空見慣的光景。

「我來幫忙吧。」

樋山學姊從一旁拿起牡蠣，和我一樣開始撬開。

「謝謝學姊。還好學長打起了精神呢。」

「對啊。他真的很喜歡玩樂呢。」

桐生學長拿著扇子，對點著的木炭拚命搧風。我和樋山學姊則在不遠處注視這一幕。

「他啊。」

注視著桐生學長的樋山學姊開口。

「他以前說過，就算知道是夢，還是不停尋找不會夢醒的方法。當時我就罵他，老是這樣才會在大學混這麼多年。可是如今，我好像能體會他的心情了。」

「是啊，我也是。」

「以前真是快樂啊。雖然今後肯定還有開心的事，但與如今這一刻的快樂相比，肯定完全不一樣。」

一瞬間，樋山學姊望向自己的手。我也再度感到心中湧現的情緒，短暫陷入沉默。

「這個話題先打住吧。肉與其他材料還有剩呢。」

「噢，也對。他得意忘形買了一大堆材料，得趕快享用才行。」

這場活動同樣會在今天結束。很快樂，卻有幾分寂寞的一天轉眼即逝。

◇

諷刺的是，烤肉即將結束的時候，雨勢居然完全停了。桐生學長哀嘆「好運到頭了」、「如果現在是江戶時代，我早就切腹了」。不過對大家而言依然是開心的一天，我覺得這樣就好了。

收拾器材，打掃完畢後，發現已經深夜，而且相當晚了。於是我們急忙上車，行駛在夜晚的高速公路上開向大阪。

路面有一點潮濕，但不至於對行車造成危險。我一邊注意車速，在速限內奔馳於黑夜之中。

剛開車的時候，大家還熱絡地聊著今天的感想。不過車子開到京都時，幾乎所有人都在夢鄉中。

「真的好久沒有這麼熱鬧了呢。」

我從駕駛座透過後照鏡，稍微確認後方的情況。幾乎所有人都閉著眼睛，舒服地夢周公。

「玩得很開心是原因，不過酒精也發揮了很大的作用。尤其兩個男生和奈奈子，喝得特別醉呢。」

坐在副駕駛座的河瀨川，一臉錯愕回頭瞧。

「嗯喃……嗯……英子，妳已經睡了嗎……？」

「我醒著呢。快睡吧，奈奈子。」

「嗯，真是的……別像媽媽一樣嘮叨啦……呼……」

勉強在夢鄉與現實反覆橫跳的奈奈子，似乎也終於撐不住了。沒過多久，她也和眾人一起發出酣睡聲。

「謝謝妳，多虧有妳叫醒我，看來我可以保持清醒呢。」

「我早就料到這一點，所以剛才也沒喝酒。取而代之，下次要陪我去別的地方。」

「噢……嗯，看看吧。」

我回答得有些吞吐。

最近有機會與河瀨川去喝酒。不過與她平時的冷靜沉著相比，她的酒品實在讓人不敢恭維。

喝醉後對我說教只是開始。下一階段她會過度貶低自己，我如果勸她，她會對我的勸說發脾氣。最後嘴裡不斷嘀咕抱怨，同時趴在桌上睡著。這就是河瀨川的飲酒三階段。

每次到了這個階段，我只得嘆氣後結帳。然後揹著嘴裡不停抱怨的她，回到她住的公寓。由於得開門送她進房間，確認房門是否從裡面上鎖，所以還滿辛苦的。

有一次我不小心說溜嘴「每次都得從妳的衣服或包包裡掏鑰匙，挺麻煩的」。結果她還嗆我「就叫你配把備用鑰匙了！」「不會像動物飼養員一樣事先掛在腰上啊！」所以基本上，我決定完全不提她的酒品，乖乖當僕人就算了。

不過我的確想報答今天欠她的人情債。

出發前奈奈子提到竹那珂小姐。在酒宴開始後，喝得酩酊大醉的奈奈子又舊事重提。如果河瀨川沒有適時伸出援手，情況有可能一發不可收拾。

「當時與奈奈子聊天的時候，還好妳幫我打圓場。」

「不客氣。對了，我先問清楚。」

河瀨川表情有些緊繃地看我，

「你和那個叫竹那珂的女孩，真的沒發生什麼吧？」

「沒有沒有沒有，保證沒有。只因為是打工同事，聊天的機會變多而已。何況我連她家在哪裡都不知道。」

由於辯解的速度有點快，聽起來不太自然。不過河瀨川僅回答「是嗎」，似乎接受了。

「你變了呢，橋場。自從開始打工後，口氣變得有些年輕，話題也總是不脫離遊戲。」

「是、是這樣嗎。」

或許話題會自然聊到遊戲上。不過原因是彼此過的時間改變了，所以也無可厚非。

大家各奔東西是值得慶幸的好事啊。連河瀨川之前應該都這樣說過。

「妳在生氣嗎？」

「沒有啦。每次看起來都像在生氣，是我的問題。」

她的反應的確一如往常。

「……不過我有思考過。」

「思考什麼？」

「倒不是那個女孩的問題。而是沒想到隨著時間經過，關係會這麼容易改變呢。」

我僅坦率地點頭回答「嗯」。

「我們所有人都認清自己的未來，並且分道揚鑣。一切都在意料之內，心裡完全明白，也沒有消極地感到無可奈何。其實這值得慶幸，而且一般人多半無法看得這麼開。」

這的確是事實。

不只是藝大，即使是普通大學或其他學校都有可能中途輟學。或者若即若離，以及反覆延長再延長。

夢總有一天會醒。所以建立穩固的基礎相當重要，在夢醒時分才能站穩腳步。

「但我依然忍不住去想嘛。對你也是一樣，一旦有人改變，我就會討厭一成不變的自己。說得更極端一點，我甚至不希望自己以外的所有人改變。討厭認清自己的未來，閃閃發光的人。我甚至想扯這種人後腿，將他拖下水呢。真是爛透了。」

我完全無法回答她。

她這句話不只在說共享住宅的所有人。還包括不久前的我，以及原本十年後世界的我。

「大一大二的時候，一直專注地忙碌。和你，還有大家一起拍影片，製作遊戲，以及玩社團。可是升上大三後，氣氛一下子改變了。心中明明已經乾脆地接受了現實，但始終覺得好寂寞。」

開車的時候不該看旁邊，不過我還是偷瞄了一眼她的側顏。

她的表情看起來既寂寞，似乎又略為泛淚。可是在我眼中看不出她有後悔的神色。

「因為『希望時光永遠停在這一刻』不可能實現，所以我最討厭這句話。但我現在明白為何會忍不住脫口而出了。我明明根本不想理解，可是心中難免會想。早知道會有這種心情，乾脆這一切從一開始就別發生。」

車輛依然在行駛。沒有停下來，奔向這場熱鬧活動的終點。

只要我想，其實有許多方法可以延長。宣稱車況不好要稍微休息一下，就能再度回到開心的時光。找個休息區停靠，叫醒大家，再逛逛伴手禮區，回想今天的活動。還可以在外頭買個咖啡，邊仰望夜空邊聊天，還有，還有許多。

可是結束的時刻終將來臨，而且拖延得愈久就會愈難受。活動開始時的快樂，與結束時的寂寞是等價交換的。

「我不知道能不能準確形容。」

握著方向盤的我，嘴裡嘀咕。

「但我覺得會感到寂寞，才是幸福的證明。若原本就只能得到不痛不癢的結果，失去了也無所謂，代表之前白白浪費了許多時間。如果這段時光燦爛得讓人難以忘懷，就等於這沒有白過啊。」

我一邊回想原本時間軸上的自己，同時繼續開口。

現在回想起來，那段時光雖然能當成回憶與經驗活用，但我覺得失去了也無妨。之前一度穿梭到未來後，我才學會積極面對一切。而且當時給我忠告的人，就是如今坐在我身旁的她。

「這個世界上，肯定沒有哪件事情是完全無用的。」

感覺得到，河瀨川的目光轉到我身上。

我沒有看向她，但她的表情肯定和平時一樣，又像生氣又像懊悔。

「真不甘心，竟然會從你口中聽到這句話。」

「我也會陷入毫無意義的思考，但這句話讓我學會了大局觀。真感謝妳啊。」

河瀨川沒有回答。即使她開口，肯定也會說出「什麼嘛」或是「囉嗦耶」以掩飾自己的難為情。

車輛依然奔馳在筆直的夜路上。車內除了大家的酣睡聲以外安靜無聲，我想起去年的事情。

大家一起去白濱時，河瀨川難得吐露自己的心聲。她害怕事後寂寞，所以選擇不參與開心的時光。不過她改變了想法，決定盡可能主動參與。

如今她正與這份寂寞面對面。

「話說，河瀨川。」

我一開口，她便一如往常，

「什麼啦。」

回答我的聲音有點強勢，卻又有點害羞。

「妳還記得之前去白濱時說過的話吧。」

她沒有回答。這應該代表肯定吧。

「後悔與大家打成一片嗎？」

我刻意試探她。

並且期待她會語氣堅決地否定。

「…………」

河瀨川沒有立刻回答。她保持沉默，眼睛凝視面前的景色。看起來彷彿在心中不斷反芻我的問題，然後才回想起來。

不久後，她的表情逐漸緩和。

「不，沒有。」

吁了一口氣後，

「我一點也不後悔。」

「是嗎。」

語氣雖然沒有平時強勢，卻十分果決。而我也堅定自己向前走的心情。

「大三了，是嗎。」

我不由自主地嘀咕。

「沒錯，已經大三了。」

拔腿狂奔的兩年已逝。對我而言，即使第二度的大學光陰發生許多特別的事情，依然轉眼間進入後半段。

導航提示前方五百公尺下交流道。我打方向盤後，車輛緩緩朝左彎，逐漸偏離原本行駛的道路。

接下來將無法看到筆直道路的前端。目前也不知道彎道的彼端會有什麼。

（得好好珍惜這段時光。）

如果過平凡的人生，肯定無法獲得這段重製人生的機會。

在遙遠的記憶中，好像有人告訴我這件事。可是我已經想不起來究竟是什麼，以及是誰告訴我的。

說不定連回到十年前的時光這件事，也在某個時間點完全消失了。

但是目前還有與大家的記憶。以及共度時光的回憶。

（我不會忘記的。我要帶著這段記憶，邁向未來。）

即使環境逐漸改變，依然會留下重要的事物。

坐在後方的眾人容貌，以及身旁河瀨川的側顏，我都緊緊烙印在眼底。

第四章　CHEAT

進入七月，梅雨結束後，緊接著是曬得皮膚發疼的熾熱。

相較於大學附近潮濕的暑氣，打工地點的高樓區除了濕度以外，可能還要加上曬得人刺痛的酷暑。無論如何，對走在戶外的人而言都很辛苦。

「有夠熱……」

熱氣已經達到難熬的程度，讓我忍不住說出這句話。

從地下鐵車站到公司的路上，我邊走邊擦汗。

「大大，早安啊！」

竹那珂小姐從身後向我打招呼。

她總是以絕妙的平衡穿搭色彩鮮豔的服裝，十分合適。

「早安，天氣這麼熱還活力十足啊，竹那珂小姐。」

「因為這是本人唯一的優點啊！」

其實不盡然，但我的確無法想像沒有精神的她。只要能維持朝氣蓬勃，就可以帶給他人良好影響。

光是這樣就凸顯氣氛營造者的珍貴之處。

「今天終於要發表那件事情了……！」

「對啊，究竟有什麼事呢。」

上週末堀井先生就說，有事情要告訴我們。

不過在那之前，我們就聽茉平先生提及。

一邊心想究竟是什麼事，不知不覺已經走到大樓前。

（反正聽說不是壞事，我倒不太擔心。）

但是堀井先生開口，他肯定有某些想法。

心中帶有幾分緊張的我進入大樓內。

◇

上班後，我和竹那珂小姐立刻依照預定，被叫到會議室。茉平先生已經在房間內，敦促我們就座。

「之前我也說過，不是什麼奇怪或討厭的事情。你們可以放心期待。」

已經掌握情況的茉平先生笑瞇瞇地等候。

即使事先聽說不是壞消息，可是不知道會發生什麼事，光是等待就足以讓人內心不安。如果有人討厭「雖然想告訴你，但還是下次再說吧」，那這種狀況簡直是煎熬的地獄。

「怎怎怎麼辦，要是本人因為品行不良而遭到開除的話！」

「絕對不會這樣啦，放心吧。」

「哈哈，對啊，肯定不會啦。」

我和茉平先生同時開口。

開始打工後過了三個月，我姑且不論，竹那珂小姐幾乎已經成為研發部的吉祥人物。不僅工作努力，有能力，而且可愛又充滿活力，對整個部門都產生好影響。

（老師說的沒錯，她的確是卓越的人才。）

一般很少會推薦剛入學的一年級新生進入專業製作現場。不過從現狀來看，老師識人的眼光很準確。

無論如何，公司都不可能開除她。

但如果不是人事異動之類，那究竟是什麼呢。

「嗨，各位久等了。那就開始吧。」

在我思索之際，負責發表的堀井先生進入會議室。

我們迅速站起來，堀井先生隨即回答「沒關係，坐吧。」茉平先生之前說過，他似乎不喜歡拘泥形式。

我們坐回座位上後，堀井先生突然開口。

「今天有事情想拜託你們兩人，才會找你們來。讓你們忐忑不安也不好，所以我直接講正事了。橋場，還有竹那珂。」

「嗯。」

「有！」

堀井先生確認我們異口同聲回答後，

「從現在開始，我要你們兩人思考企劃。為期兩週。八月初要召開部門內部的企劃會議，在開會之前要做好簡報。」

聽得我一臉茫然，忍不住張開嘴。

「咦……」

相較於完全無法回答的我，大吃一驚的竹那珂小姐站起來，

「不會吧，要我們思考企劃，這樣好嗎！本人是超級大外行，這樣也沒關係嗎!?」

「沒關係。反而這次由外行人提出比較好。」

說著，堀井先生發給我們A4大小的資料。

「這一次企劃競賽的目的，是篩選出全新類型的企劃。各位都知道。我們得勝者軟體研發遊戲頗有歷史。從電腦到家用主機遊戲，我們的強項製作是遊戲的豐富經驗。可是相較之下，卻也有保守、封閉的一面。」

資料上顯示著公司目前為止發售的遊戲。以及近年發售的遊戲銷量，還有玩家反

饋等詳細資料。

「即使我們在研發部同仁間募集企劃，也難免出現偏頗。所以我希望你們從全新觀點提出企劃，才會有這次的提案。」

翻開下一頁資料後，見到上頭寫著考慮企劃時的注意事項。

「要調閱公司的資料，或是有問題要問我、問茉平先生都沒關係。可是不要向部門內的其他同仁問問題。」

另外還有企劃的規定。

格式不拘，要使用圖片或是大篇幅的文章，比例都隨個人拿捏。聲音或影片可以當成說明時的資料使用，但不能當成ＢＧＭ播放。資料形式要能透過幻燈片撥放，十頁之內。

「做得太長就沒辦法解說了。要簡潔地傳達魅力，十頁應該足夠。」

堀井先生解釋完畢後，

「我有疑問。」

茉平先生迅速舉手發問。

「意思是這一次我也要思考企劃嗎？」

堀井先生用力點點頭，

「沒錯，為了和橋場他們的企劃比較，你要是也能參與就更好了。」

「原來如此……我知道了。」

不知是否我多心，茉平先生似乎露出淺淺的笑容。

「好，那麼接下來的兩星期，敬請各位務必努力。如果企劃獲得正式採用，想出點子的人將以正式員工的身分參與核心業務。各位盡全力加油吧！」

就這樣，我們接到了任務。

之前我們一直debug與收集資料。現在突然要涉及重要業務，老實說非常緊張。

「大……大大，該該該怎麼辦。本、本人籌辦過的企劃只有高中文化祭時，班上的忍耐超辣咖哩鬼屋而已耶!!」

我倒是對這項企劃有點興趣。

「妳不是製作過簡報，向可怕的加納老師發表嗎？沒問題的啦。」

「那、那是因為，想見大大一面的心情特別強烈，才會鼓起勇氣……」

當面聽到她這麼說，讓我有點難為情。總而言之，似乎需要強烈的情感與動機才行。

「總之不用擔心，沒事的啦。」

「咦！難道大大已經有經驗了嗎!?」

「不，我的意思是我也沒有經驗，所以我們半斤八兩。」

竹那珂小姐當面喊著「天哪!!」抱著頭傷腦筋。該怎麼說呢，她真的看不膩呢。

「大大，本人倒是聽過一件事。」

「什麼事？」

「就是讓企劃通過的機密技巧！」

聽起來就很可疑，但她露出充滿自信的笑容，還是姑且一聽吧。

「首先呢，要準備自己擁有的魅力。」

「是指……什麼？」

「那還用說！當然是不久之前還在念高中的身材啊！所有研發的大哥與大叔應該都毫無抵抗力吧！」

啊，果然要靠色誘嗎。

「發表企劃的時候，穿稍微敞開胸口的衣服。或是東西掉在地上後彎下腰去撿，營造出大家喜歡的情境……等等，大大您有在聽嗎？」

「竹那珂小姐，妳真的覺得這樣合適嗎？」

她的表情逐漸揪成一團，開始發出「唔～～」的嘟噥。

「討厭！討厭！只不過開點俏皮的小玩笑嘛！本人當然也不會靠這種手段解決所

有問題啊！不過總覺得這樣下去想不到任何能贏的方法，才會物盡其用……」

剛才的玩笑的確緩和了氣氛。

「不過這是個好機會。對我們而言非常重要。」

「好機會，是嗎？」

我點頭示意。

「堀井先生剛才也說過，目前得勝者軟體的研發部給人相當保守的印象。我自己也有不少這種感覺。」

尤其公司內部深深認為，目前負責研發的手機遊戲是「押錯寶」。眾人似乎有條不成文的規定，當紅作品還得出在遊戲機上，其他的都是次要的。

堀井先生想顛覆這種既定觀念。所以才會向我們這些經驗不足，也沒接觸過企劃的學生如此提議吧。

「所以我們不能一成不變，提出中規中矩的遊戲企劃。最不需要的應該就是這種吧。」

「那究竟要求的是什麼呢……？」

我微微一笑後回答。

「我不知道。」

「天啊～!!大大、大大竟然爽朗地霸凌本人啦！這可是職務騷擾，本人可以控告大大喔!!」

雖然對她有點過意不去，但她好像一捏就會發出聲音的玩具，真有趣。

（在逗她逗習慣之前，至少先向她說明吧。）

我看著手機，然後開口。

「我猜想，提示就在這裡。」

「在手機裡……是嗎？」

這一次我沒有笑，而是堅定地點頭。

獨自從喜志站搭乘公車，搖搖晃晃的我一直在思考企劃。

「試著從頭整理看看吧。」

由於快要陷入混亂，我決定從想得到的前提開始重新審視。

我知道未來的情況。這當然是我的強項，在我接下來思考企劃時，應該也值得仰賴。

目前是二〇〇八年，翻蓋機還是主流，家用機遊戲依然席捲市場。但是根據這個觀點，堪稱改朝換代的革命前夜。

那麼做出預測這一點的企劃，是不是就是最佳解答呢。

「製作以手遊為主戰場的企劃，構思課金系統之類。以此為基礎提議遊戲……是嗎。」

對這個時代而言，毫無疑問相當嶄新。而且並非堀井先生口中基於習慣、惰性而自握的企劃。照理說會是很有遠見的企劃而受到稱讚。

問題是，這樣真的好嗎。

「可是這麼一來，最後依然會仰賴經驗吧。」

即使已經知道最後會出現的答案，可是搶先一步提出又有多少意義呢。若是在有意義的場面下則另當別論，不過真要說的話，如今的場面是在測試我，橋場恭也的力量。

那麼利用未來的知識作弊，豈不是適得其反嗎？

「——這次還是別使用未來的知識吧。」

如此決定後，就必須在毫無頭緒之下重新思考。

「現在能不能拿出東西，會決定將來的發展。」

公司想打破慣例。研發部門的上司，堀井先生不僅親口這麼說，還讓我們參與。就算企劃未獲採用，也至少要讓他覺得「這個企劃真有趣」才行。

需要絞盡腦汁，思考之前經驗過的事情，以及將來我究竟想做什麼。

當著竹那珂小姐面前，我掏出手機當作提示，其實有兩個原因。

第一就是這個意思。其實印象早已決定，評審方也認為家用遊戲機的門檻愈來愈高。手機則是未來可期的設備，手遊較容易推出嶄新的遊戲。

第二個原因，其實是針對我自己。

「能不能結合遊戲與某些不一樣的元素呢。」

會誕生以手機玩遊戲的構想，其實早在意料之中。迷你遊戲很早就流行過，自從翻蓋機進化成彩色，解析度也提高後，甚至讓人覺得可以用來玩遊戲。

可是接下來的發展尚未出現。畢竟難得出現新的硬體，所以要追求結合兩者的遊戲。我希望從得勝者軟體現有的一切，找出得到結論的提示。

「我得到了……任何人都無緣的機會呢。」

我張開雙手凝視，彷彿確認自己獲得的事物。

其實我原本不該在這裡。而是在極度幸運之下，偶然獲得非比尋常的『重製人生』契機。

於是我想賦予這份幸運確切的原因。方法就是穿梭時空來到這裡的我，誕生出某些構想。

所以不能只靠來自未來的金手指，需要我自己想出來。

即使目前還沒有任何確切證據與點子，但如果我不努力，就無顏面對現在拚命的大家。

（現在如果不拚，就沒有意義了。）

我獨自靜靜地握緊拳頭，拿出幹勁。

◇

帶著一項大任務從公司回家後，隔天。

我為了這項任務以外的事情，完全陷入了苦思。

「原本以為看起來很順利呢。」

煩惱的對象是志野亞貴。

自從幫她檢查輕小說插圖並提供協助後，我會對她的作品表達意見，還會視情況提議。

志野亞貴對插圖的堅持，是讓原本就很精美的作品近一步提升。真要說的話是相當高深的技術，即使是目前的水準都遠遠超越商業作品的範疇。照理說可以輕鬆創作。

可是目前的志野亞貴卻陷入不小的低潮。

輕小說的工作方面，目前已經敲定人設，進入構圖階段。我一邊觀察當今的傾向，認為近景的構圖可能較好，於是向她提議。責編也認為這個點子符合市場需求，志野亞貴也點頭同意，開始著手。

為了避免重蹈同人遊戲時的覆轍，

「想不到會在這裡過度思考……」

志野亞貴光是構思俯瞰視角，就詳細區分角度，畫了好幾種模式的草稿。看在外行人眼中，每一張圖都很精美，根本無法區分哪張圖比較好，但她似乎通通都不滿意。

責編也很擔憂進度就此停滯，還提出能不能先製作其他的特典插圖。可是如果現在硬生生喊卡會有反效果，所以由我婉拒了責編。

回想這些事情的同時，我來到她的房門口。

「志野亞貴，現在方便嗎？我進去囉。」

敲敲門後，志野亞貴一如往常地回答我「好喔～」

進入房間後，只見志野亞貴正專心面對螢幕畫著原稿。之前她的原稿是透過筆繪，不過後來當作轉換心情，改以數位方式作畫。

製作動畫的時候，已經嘗試過數位作業，所以並未因此難以下筆。

但她似乎依然無法確定草稿。已經有好幾層圖層只畫了臉，或是只畫身體便廢棄不用。但好像還沒有哪一張開始繪製細節。

「抱歉喔，草稿始終畫不出來。」

志野亞貴語氣有些失落地道歉。

「別這樣，是我沒能提出準確的指定……」

我們兩人的氣氛變得有些尷尬。

「總之明天之前，我會再畫幾張草稿，之後再討論要用哪一張……可以嗎？」

「嗯，當然好。明天傍晚方便嗎？」

志野亞貴點頭同意，討論便到此結束。

「那就不再打擾妳了。」

在我即將離去，伸手要打開房門時，

「完全不會打擾到我喔。有恭也同學你幫我看，就幫了很大的忙呢。」

她開口關心我的聲音一如往常柔和，完全聽不出工作陷入困境。

「謝謝妳，志野亞貴。」

不過現在，她的溫柔讓我心中頗受感觸。

◇

回到自己房間後，我依然在思索志野亞貴的問題。

重新審視迄今為止的階段，確認是否有草率行事。如果真有這種疏漏，或許透過反省修正，可以避免下次再犯。

問題是，

「就是沒有啊……完全沒有。」

我抓了抓頭，深深嘆了一口氣。

直接原因出在訂製插圖的部分。但這項階段本身沒有大問題。只不過志野亞貴目前想到、描繪的理想插圖與訂製的內容有隔閡。因此她目前找不到最佳的處理方法。

這不是任何人的錯。某方面來說，這種情況非常殘酷。因為沒有單純到只要搞定原因就能解決問題。

「再稍微重新來過吧。」

包括更改構圖，我在郵件中總結檢討對策的主旨後寄給責編。但這也並非立刻能發揮作用。

諷刺的是，貫之與奈奈子一直順利地創作。

那篇編輯改得滿江紅的原稿，貫之成功提升了品質。即使對「一介讀者」的我提出的要求哀哀叫，他依然不認輸，接二連三構思劇情。之後就是盡可能提高內容的完成度。

奈奈子除了專心編輯我提議的歌曲，另一方面也自己思考後走下一步。這一點看得出她有大幅度的成長。和我一起思考製作歌曲的同時，她似乎也想自己挑戰個人製作。

「目前不用擔心他們兩人嗎。」

究竟是哪裡出了問題呢。

理所當然，在工作量與品質上，我從未對志野亞貴與另外兩人差別待遇。平等地協助三人工作的結果，只有志野亞貴的情況不理想。

貫之與奈奈子能順利地持續創作，和我關係不大。可能單純是他們的底子優秀。該不會我目前的工作只是在瞎摸吧。

這些負面思考快充斥在我的腦子裡。

「啊～不行不行，不可以去想這些。」

我搖了搖頭，甩掉不好的想法。

製作這份工作，光聽這兩個字會覺得很了不起。可是想到創作者情況的好壞是很重要的一環，我才再次體會到這份工作是背負莫大壓力的苦行。

「很難……很困難啊。」

只要開口，就會嘆氣與抱怨。雖然考慮到今後的情況，比起突然順風順水，有考驗才是好事。但是想到志野亞貴的情況，還是順利一點比較好。

畢竟最打擊我的是，我居然對志野亞貴身為創作者的傾向與特徵一無所知。

「就算耍些小聰明，估計也很難發揮效果吧。」

我需要進一步了解志野亞貴。還不是聊個幾句這麼簡單，而是本質的部分。但我要怎麼知道這麼困難的事情呢。

成為製作人的磨練，一下子就碰到第一個大難關。

由於去大學的機會減少，我們見面或會合的地點逐漸改成校外。

改變最大的是河瀨川，之前都和她在校內的咖啡廳『海市蜃樓』見面。現在則換成喜志站前的小酒館『鳥良』。

今天聚會的名義，是之前一日遊時沒有喝酒的兩人續攤，

「你似乎相當煩惱呢。」

坐在我對面的河瀨川突然盯著我的臉，並且這麼說。手邊放著她最喜歡的檸檬氣泡酒。

「難道我的臉色差到一望即知嗎……」

「你有黑眼圈，皮膚缺乏血色。說自己睡很多，可是卻睡眼惺忪。另外還有蛛絲馬跡，要我說嗎？」

「不，不用了……」

我鄭重拒絕，然後一口喝光斟滿了 Highball 的酒杯。

最近的確都沒有好好睡覺。打工的時候倒是有規律地用餐，不過回到家疲憊的時候，經常直接到頭就睡。

「如今我不會再提醒你注意身體，但你如果撐不下去或發生什麼事，可要做好心理準備。」

多半會挨她的臭罵。

「話說恭喜妳，這麼快就接到了表演的工作。」

我向河瀨川道賀後，她有些難為情，

「沒什麼了不起的。我一直告訴肯聽我說話的製作人，如果有人缺席我就願意演。結果真的有人因骨折而住院。然後製作人就說，不是很困難的工作，問我要不要試試看。真的，就只有這樣而已。」

河瀨川說明的速度比平時快了三成。

之前她經常難過地提到，任職的電影製作公司的老毛病不改。不過如今，公司以河瀨川與年輕職員為中心，逐漸開始變化。

例子之一，就是拔擢河瀨川表演。

「某間公司的簡介文宣要插入一段小短劇，對方不希望找資深演員表演。所以才讓包含我在內的三名新人嘗試，目前我正在熟讀劇本。」

「不，真的很厲害呢。如果妳沒有說出口的話，就不會有任何改變。」

這是河瀨川仔細提出意見，並且採取行動的結果。如果她一直裹足不前，公司可能會一程不變。就算有機會，也有可能落到她以外的人身上。

「也對，所以我得感謝你呢。」

「感謝我？」

「是你讓我發現先行動再思考，人必須積極行動才行。我再次感到佩服，原來匹夫之勇也是勇氣的一種。」

不知道是否在誇我，她的措辭有些微妙。

「最近我實際感受到，有些事情光靠行動力是沒什麼作用的。」

「是志野亞貴嗎？」

我略為點頭同意河瀨川的詢問。飲酒會才剛開始，就聊到志野亞貴不順的問題。

「最近我也沒有和她好好聊聊。之前旅行的時候，倒是很正常地開心玩耍。」

「她平時的模樣和往常無異。所以原因並非出在日常生活。」

想不到有什麼明確原因會導致她消沉。

「我啊，」

一口喝下檸檬氣泡酒，

「其實還不太了解志野亞貴這個人。」

「不了解……是什麼意思？」

「平時與她相處，會發現她人很好，又認真。更重要的是，很少有人能如此誠摯地努力創作。我非常尊敬身為創作人的她。」

她靜靜放下酒杯，接著說了句「不過」。

「但我始終覺得，她一直在隱瞞某些事。而且對她本人而言還是偏向負面的那種。當然我沒有確切證據，也有可能只是我想太多。但如果是真的，她平時肯定一直維持絕妙的平衡生活。」

「原來在妳眼中是這樣啊。」

她微微點點頭。

「我認為一般而言，任何人都有骯髒的部分，或是不想為人所知的一面。」

「嗯，我明白。」

「像我呢，大概這些地方比較多。常人眼中的好孩子依然會有這一部分。不過從志野亞貴身上……真的看不出來。」

「可是要斷定藏在她內心深處的話，有點困難吧。」

「難道你對志野亞貴與其他女孩不一樣的地方毫無感覺嗎？」

聽她這麼說，我不否認這一點。

她創作的時候不太在乎他人的想法，一直很重視自己的規則或心思。遲交的時候當然會老實道歉，並且設法補救。但是更進一步地說，她散發出有些不可思議的氣氛。

可是我不知道真面目究竟是什麼。

「我無從置喙，畢竟是她自己的問題。」

「我也這麼想。目前還能正常交流，沒發生任何麻煩，反而是我感到過意不去。可是一想到總有一天會失去平衡，就覺得能不能防患未然。」

難得河瀨川會說得這麼嚴重呢，我心想。

但她本來就不習慣學生之間相互親暱的關係。能對創作能力表達敬意，又能維持良好關係的對象，只有奈奈子與志野亞貴而已。

正因為兩人是她為數不多的朋友，也難怪她會特別在意。

「明明在聊你工作的事情呢，抱歉。」

「不會，沒關係。」

她沒有提供直接的建議。不過可以窺見她眼中的志野亞貴，讓我再度對此感興趣。

◇

之後過了三天，志野亞貴的低潮始終沒有好轉。即使我轉換思緒去打工，內心依然有點擔心她。

「茉平先生，這是 debug 的分攤表。」

我向茉平先生秀出試算表上的表格，並且說明特徵。

「您之前提到每一位 debug 人員的熟練度與修正。我試著以數值呈現，並加以分配。」

之前茉平先生給了我企劃以外的另一項功課。他希望目前以我們為中心進行的 debug 業務能建立高效率系統，要我提出點子。

我觀察由十人組成的 debug 小組作業報告書，並且分配適合每個人的遊戲與場景之類。提交的報告顯示，這樣有機會縮短工作時間。

「嗯，做得很好。對每一位 debug 人員的分析也幾乎無誤。」

「感謝您！」

受到茉平先生這樣優秀的人誇獎，就讓我感到自信。

確認小組的動向並提出增進效率的提議，對俯瞰觀察事物是很好的經驗。實際上聽堀井先生說，許多帶領 debug 小組的人都直接成為製作助理，參與主要研發業務。

（這方面一如加納老師所說呢。）

像這樣按部就班，逐漸累積成為製作人的經驗，就有可能開拓道路。這讓我稍微放心。

比起毫無提示，慶幸偶爾有這種培養能力的機會。

「那麼從下週開始，務必根據這張表格推動吧。話說竹那珂小姐呢？」

我保持沉默，以手指了指她的座位。

只見她，

「嗯……嘔……嗚嗚嗚嗚，點子……點子，怎麼還沒有啊……嗚嗚，給本人，給本人一點點子嘛……嗚嗚……」

發出地獄般的聲音呻吟。

「大、大大……救救本人吧。本人大概撐不下去了……至少幫本人處理後事吧……」

似乎發現我們的視線，她的回答好像在交代遺言。

「聽起來彷彿有其他東西從嘴裡跑出來呢……」

茉平先生表示同情。

「其實我也完全還沒想，所以進度和她差不多。」

「優質企劃沒有那麼容易想到啦。反正還有時間，試著好好努力吧。」

「嗯，我會加油的。」

「小心別透支精神與體力喔。在生病之前，找出對策很重要。」

我點頭回應。茉平先生十分照顧我們這些工讀生的身體與精神狀態。

還記得之前問過『為何這麼關心我們？』他很堅定地回答我『這是身為領導的義務』。

（這是……我完全沒做到的部分呢。）

希望我能盡快達到如此游刃有餘的境界。

我露出欽羨的眼神看著茉平先生時，自己座位上的內線電話突然響起。我急忙拿起話筒，

「啊，橋場。能不能來我的座位一下。」

是堀井先生的聲音。

「好、好的。」

我立刻回答後，向茉平先生報告，隨即離開座位。

◇

前往堀井先生的座位後，只見一旁已經多放了一張椅子，堀井先生敦促我坐下。

「抱歉找你過來一趟。」

「不會，請問有什麼事嗎？」

堀井先生點開輔助電腦的資料夾讓我看。

內容包含數量龐大的插圖，顯示名字等資訊的文件檔案，以及總覽的試算表資料。

「你知道我們去年發售的『Brain the Darkness』嗎？」

「知道，是由倉瀨 sasami 負責人設的戰略ＲＰＧ。中世紀奇幻風格參雜了機械文明的世界觀。」

簡稱為『ＢＴＤ』，遊戲系統頗難，平衡性相當嚴苛。不過美麗的插圖吸引了人氣，作品在二創界中相當知名。我也買過好幾本同人本。

「沒錯。這部作品決定要推出官方設定集，我希望你能幫忙。」

然後堀井先生叫我點開檔案夾上層的文件檔案。我照做之後，見到內容是出版社寄來的企劃書。

「去年已經推出過包含遊戲設定資料之類的官方設定集，但是一本書塞不下。所以我們要推出第二本。」

一如解釋，顯示頁面內容的頁面表上，包含許多未刊載部分的插圖。

但這充其量是書籍的前半本內容，後半本幾乎都是單一的新圖。

「有很多特邀插圖呢。」

「嗯，畢竟有許多繪師在畫二創啊，自然會囊括許多插圖。出版社要求我們匯集畫風等相近的作家範本……」

現在我才終於明白自己的工作。

「啊，意思是要我在此分類插圖嗎？」

堀井先生點頭同意我的回答後，

「說得好。不過責任可能要再重一點吧？」

「再重一點……？」

只見他面露微笑。

「這邊有將近兩百位繪師。也就是說，希望你篩選至五十人左右。」

「要我負責第一次審查嗎？」

堀井先生用力點了點頭。

「哇……那責任的確重大呢。」

簡單來說，得勝者軟體會依照我的判斷，決定是否向繪師徵稿。肯定有繪師認為官方徵稿是一種名譽，所以這種審查需要相當用心。

「時間呢……我看看，先抓個兩三天吧。中途如果有任何猶豫或想法，隨時找我商量別客氣。」

「我知道了。我盡可能明天一整天搞定。」

於是開始了責任重大的選拔會。

說是選拔會，其實我只要確認插圖與繪師的簡介，決定是否符合世界觀。再由堀井先生從區分的資料夾做最後決定。

幸好我已經玩過遊戲，也知道粉絲會喜歡什麼樣的插圖。所以對選拔本身沒什麼猶豫。

可是另一件事情，志野亞貴的問題始終在我的腦中揮之不去。

在眾多的插畫家中，照理說總有一天，志野亞貴會成為特別的人物。

但我如果無法順利掌舵，她有可能會更換跑道，或者走得不順遂。

我想找人稍微聊聊。

「堀井先生一直在進行這樣的選拔嗎？」

「是啊。其實我也會畫簡單的插圖，所以公司從以前就經常要我選拔或訂製。」

「訂製……是嗎。」

這正好是我目前的煩惱。

「嗯，有哪裡不放心嗎？」

「目前正好在煩惱訂製這個問題。」

能聽專家的意見實在很感激。可是我又不敢利用職務之便詢問私事。

不過堀井先生，

「如果業種相近，或許可以找我談談。方便的話就說說看吧。」

卻主動套我的話。

「感謝您的好意，其實是……」

於是我概要地說明志野亞貴的前因後果，以及目前的問題。不過還是得隱藏出版社名稱等資訊。

包括出版社的要求，我的判斷與訂製，以及目前卡關的問題。

大致上說明後，堀井先生用力點了點頭。

「原來如此，是『藍色星球』的原畫啊。能畫得那麼精緻，肯定對繪畫相當投入，這的確是棘手的問題。」

堀井先生似乎也對九路田團隊的作品有印象，大致了解志野亞貴繪製的插圖。

「由於我目前負責草稿部分的訂製，不知道如何是好……」

「橋場，其實你不需要感到過多的責任。訂製與繪師雙方的意見和想法肯定不同。要推測他人的心情或細部的感覺，是幾乎不可能的事。」

即使堀井先生條理分明地解答了我的責任，但我還是覺得……當初就不該隨便答應幫忙。

如果有解決方法，而且與我有關的話，我絕對在所不惜。

「尤其她不是因為工作本身造成壓力，或許可透過簡單的契機巧妙解決問題。比方說……」

堀井先生像是靈光一現般點頭。

「或者可以試試看改變眼前的環境。」

「比方說什麼呢？」

說要改變眼前環境，我只想到更換作畫環境，或是用具之類。

要是改變整個構圖，現階段已經很難做到，究竟該怎麼做呢。

「我的意思是，做些輕小說插圖以外的工作。像是我們這本官方設定集的插圖……如何呢？」

真是出乎意料的提議。

「咦，這個，呃，是非常好的方法……但是可以嗎？」

「嗯，根據所見，她畫的插圖非常有氣氛。如果志野小姐願意的話，務必請她幫忙。」

真是意想不到。不過的確可以在出版方隨機挑選繪師委託之前，讓志野亞貴成為候選人。而且這件事情並不難辦到。

「非常感謝您。今天我立刻轉告她。」

由於並非由我單方面做主，決定稍後向志野亞貴確認。

「橋場你目前擔任她的製作人嗎？」

堀井先生偶然一問。

「呃，其實沒有那麼誇張啦……算是協助吧。」

「不過根據你剛才所說，你似乎提供了相當深入的協助喔？」

聽他這麼說，我才知道現在不需要無謂地謙虛。

「不好意思，您說的沒錯。我的確想當她的製作人。」

「原來如此。因為這層關係，你才想學習如何當製作人吧。」

其實這算是附帶的，不過考慮到將來，的確是這樣。

「沒錯，將來我希望與大家一起創作。為了這個目的，我才會學習製作的技巧。」

堀井先生點頭示意，

「這個原因很正當。能有這樣的夥伴非常值得慶幸。」

之前好像聽過類似的話。

「但是我想你應該知道，務必要小心謹慎。與好朋友一同創作，代表可能無法一直維持相同的關係。之前我也說過，所謂的製作，為了做出水準更高的作品，冷靜判斷也是工作的一環。如果對象是朋友……你知道意思吧？」

「是的。雖然規模不大，但我以前就碰過這種事。」

堀井先生小聲表示：「原來如此……」

「她畫的作品非常精美。所以如果能持續成長，非常有機會在大舞臺上發光發熱。可是舞臺愈大，一旦翻車就會深受打擊。」

「……是的。」

「不好意思，說了太多無關的事情。就到此為止吧。」

這番話讓我獲益良多。但同時也讓我深感恐懼。

成為製作人，就是得到痛苦。聽了剛才堀井先生的說法，讓我明白這句話很接近現實。

製作同人遊戲時，我不知不覺中得到痛苦，傷口一口氣裂開，差點瀕臨死亡。如果沒有那次穿梭至未來的經驗，我肯定會就此成為魂不守舍的空殼。

如今我應該做好心理準備，即將再度面對那項巨大的課題。

擔任一個人的製作人究竟是怎麼回事。面對終於銜接的未來與現在，我的身心都在顫抖。

總有一天會在得勝者軟體發表的大作，人設負責人是秋島志野。

如今有可能走上那條道路的契機，出現在我面前。

◇

選拔繪師順利結束。最後獲選的十五人當中包含志野亞貴。

由於接下來要委託繪師，如果哪位繪師無法接稿，當然也事先選好了候補。不過志野亞貴享有獨厚待遇，只要本人點頭同意，就能讓她立刻開工。

打工結束後一回家，我立刻到她的房間找她。

她的草稿似乎依然遲滯不前。本人的情況也和平時無異，不過言談間透露出對於延遲的歉意。

「志野亞貴，我這裡有一份不同的工作。」

我實在不敢告訴她，這是用來轉移當下工作的心情。

她並非完全不玩遊戲，在二創插圖的領域也對『ＢＴＤ』有所了解。所以我可以順利地向她說明工作內容。

「不錯耶，似乎很有趣。」

而她的感覺也不壞。

若是輕小說，從封面彩圖開始，包含特典在內，要畫許多張圖。不過這次『ＢＴＤ』的工作只要畫一張圖即可。而且還是志野亞貴擅長的含背景插圖。

她接受委託的阻礙應該不算太高。

「可是輕小說的工作尚未結束，我真的可以接嗎。」

該說責任心強嗎，志野亞貴似乎在意輕小說插圖工作尚未做完。

但正因如此，由我介入後應該有機會解決問題。

「放心吧，我會負責安排工作行程。」

現在距離截稿日期還有兩個多月。而且由於我容易掌握內部情況，也方便做細部調整。

出版社方的行程並非由我負責，但責編也對我有一定的信賴。

如果我對稿件不熟悉，肯定不會如此輕易扛起管理的責任。由於這些原因，我才能積極推動。

志野亞貴似乎也下定了決心，

「那就拜託你囉。真是期待呢。」

進入確認細節的階段。

◇

與志野亞貴聊完後，我回到自己房間。

插圖的委託搞定後，這次輪到我的工作，也就是必須思考企劃的內容。

「企劃，企劃，嗯……」

我停下以鍵盤輸入筆記的手，再一次整理這次的企劃內容。

要出乎意料，打破既有的慣例。大致上來說，堀井先生出的課題是這個意思。

肯定不會是家用機遊戲的企劃吧。如果要的是這種企劃，他就不會那麼說，也不會刻意找新人做。

所以可以肯定，這項企劃肯定不受目前研發人員待見。

意思是有需求卻無法著手，或是不願意著手。

「這應該可以限縮不少範圍。」

敲鍵盤的聲音再度響起。我將一項一項列出的主題，逐漸連結成一篇文章。思考企劃的時候，我最喜歡這個環節。原本曖昧不明的事物逐漸化為一條線，在腦海中也會井然有序，就覺得逐漸明白自己該做什麼。

壁櫥裡貼著我接下來要如何行動的便利貼。

強化橋場恭也，也就是成功與白金世代並駕齊驅。在彼端貼著一張便利貼，上頭寫著目前還無法達成的夢想。

『大家一起製作遊戲。』

這個未來究竟是遊戲，還是影視，亦或是文創，目前我還不清楚。

不過到了這一步，一開始始終在醞釀的『遊戲』逐漸變得清晰，並且在我面前出現。

「終於稍微產生連結了嗎。」

即使形狀逐漸不同，我依然針對發表製作的那一天行動。連一開始覺得遙不可及的目標，都來到不遠之處，伸手可及的地方。

可是我感到很不安。我知道自己經驗尚淺又不可靠，而且始終瀰漫著看不見的擔憂，擔心是否遺忘了某些重要事物。

「我真的能辦到嗎。」

既然沒有清晰可見的任務列表，不安的感覺始終揮之不去。

目前我只能在她的身邊繼續輔助她，僅此而已。

用說的很簡單，實際上做起來困難無比。前幾天堀井先生說的話，在我腦海中浮現。

『與好朋友一同創作，代表可能無法一直維持相同的關係。』

這究竟代表關係破裂，還是更進一步呢。無論如何，可以肯定無法一如既往。

將來志野亞貴究竟會如何理解這一點呢。會不會放棄繪畫這條路，走上當初的未來呢。

『不過我猜想，志野她愈堅強，就有某些地方愈脆弱。』

我想起九路田說的那句話。

當時我即使發過誓，卻始終不知道志野亞貴的脆弱究竟為何。

我想瞭解她。想透過工作，透過對話，從根源理解這位稀少的創作者，究竟是如何誕生出作品的。

總覺得真正的關鍵在彼端等待著我。

直到將來，這個世界迎來十年後的那一天。

在那之前，我只能持續前進。

第五章　PLAY MISS

時間轉瞬即逝。

盛夏的暑氣籠罩整片大阪地區，轉眼間七月即將結束。

提到共享住宅的變化，就是用餐的菜色完全變成了夏季風味。例如可以吃涼的麵線或烏龍麵特別受歡迎。為了避免暑氣造成的疲倦，我們經常吃這些。

「嗯～那就慶祝貫之的輕小說處女作校對完畢……乾杯!!」

大家紛紛異口同聲，大聲慶賀『乾杯！』。

校對完畢意指結束檢查原稿，是否有錯落字的工作，並且完全沒有需要修正之處。要進入印刷階段，接下來好像還有版面設計等工作。不過以筆者的觀點來看，可以視為搞定工作。

換句話說，貫之迎向了作家出道的一大中繼點。

「哎呀，真是感謝大家！我終於也成為輕小說作家了……！」

貫之表情有些茫然地仰望半空中。這也難怪，他從很久以前就想成為作家，並且持續寫作。即使嘗過挫折的滋味，如今終於摸到了這一行的邊。

「嗯，這個……你果然很厲害呢，真的喔。」

奈奈子略為噘起嘴，稱讚貫之。

「哈哈，能聽到妳親口這麼說，超級開心的！謝謝妳啊，奈奈子！」

「有、有點噁心耶！怎麼不像平時一樣吐槽我啊！」

唯有今天，似乎連貫之都老實接受她的好意。

「真的非常了不起呢，貫之終於成為作家了。」

「也感謝志野亞貴妳啊！不對，希望妳也能工作順利！」

聽到貫之的回敬，志野亞貴也點頭同意。

沒錯，目前志野亞貴的輕小說插圖工作好不容易決定了草稿插圖。不過接下來的工作，還有許多地方看不到盡頭。

（希望貫之達成的目標能多少鼓勵她。）

我則依然持續協助志野亞貴。責編已經告訴過我，只要能交出封面插圖，其他素材可以稍微延後。由於責編還幫忙重新調整工作行程，目前最重要的是先完成封面插圖。

「欸，恭也。」

「嗯？」

奈奈子輕輕拉扯我的衣襬。

「真抱歉在百忙中拜託你。我準備要製作那首曲子的影片了……方便借用你的時問嗎？」

「嗯，當然。是妳之前說過，要上傳的獨唱曲吧？」

她點點頭。

「對啊。尬吉貝里P之後的進度似乎不順。我主動詢問對方也不太好，所以想一邊上傳獨唱曲，並且等待對方。」

之前一直在推動的大型合作企劃，奈奈子這部分進展得很快。關鍵的尬吉貝里P卻幾乎停滯不前。

什麼都不做，一直等待對方也不太好。所以奈奈子決定趁機會推出原創的獨唱曲。

「畢竟對方似乎也有兼職，沒辦法吧。我明白了。」

將來他應該會走上專業音樂人的道路，但是目前光靠音樂的收入不足以維生。我聽說他一邊在卡拉OK打工，同時製作音樂。

「謝謝你。那麼我等一下給你插圖與暫唱的資料。等你看過一遍後，我們再討論要怎麼做。」

「知道了，我馬上看。」

最近奈奈子在獨唱曲影片中，會使用粉絲繪製的插圖。這部分我之前也不知情，是奈奈子自己與對方交涉後，在影片中使用。

「哎，真是的，對方要是盡早上傳曲子就好了。最近老是在討論，始終沒有進展呢。」

尬吉貝里P似乎住在市區北邊，所以討論地點經常選擇位於中間的難波或心齋橋。但基本上多為閒聊，很難談到曲子的細節。

「這一點實在沒辦法。畢竟有各種風格的音樂人。」

「是這樣的嗎……明天還要再見面，我試著刺探他幾句。」

意思是沒有我，她也學會了如何與對方交涉嗎。或許這是微不足道之處，但奈奈子原本個性畏縮，不擅長與陌生人交涉。如今她能靠自己推動這麼多進度，讓我很感動。

（如果大型合作企劃能順利舉辦，奈奈子也會更上一層樓呢。）

面對接下來的發展，真讓人充滿期待。

「等小說印好後，我會優先發給大家。到時候要寫些書評之類，幫我加油喔！」

貫之開心地說，

「要是無聊的話我會給一星，走著瞧吧。」

「哼！我看到妳將來會懊悔地邊哭邊給五星啦！」

奈奈子一如往常與他鬥嘴，我和志野亞貴在一旁觀戰。

這幅之前一直持續的光景，平衡也逐漸開始瓦解了嗎。

（貫之首先畢業，順利的話下一個是奈奈子。然後……）

我逐漸具體見到共享住宅的未來了。

之前想像後覺得好寂寞的光景，即將化為現實。

那一刻就快來臨了。

◇

八月上旬，星期五下午。

自從我和竹那珂小姐在得勝者軟體打工，今天終於面對最緊張的場面。研發部一旁的寬廣會議室平時頂多只坐了幾人，今天卻幾乎坐滿。

「大……大大，本……本人完完全不知道該說什麼才好……」

她就像知名漫畫的搞笑圖片一樣慌張，總之我先安撫她。

「又不是要妳的命，沒關係啦，放心吧。」

「真真真的嗎，在場所有人真的都不是敵人吧？」

「如果是敵人的話，根本就不會聽我們說話啦。」

我瞄了一眼這些「敵人」。

和我們坐在一起的研發部同仁，自從開始打工以來，已經和大家混得熟。之前和大家都交談過，會親切對待我們，或是很容易說話。完全沒有極端討厭任何人。

可是……

（今天可能就不一樣了。）

剛才告訴竹那珂小姐的那番話，某種意義上是安慰她的謊言。

對研發而言，企劃就是生命。至少我是這麼看待的。只要視為生命般重要的企劃看待，即使是學生想出來的也一樣。如果草草了事，或是一點都不用心，眾人可不會留情。

（多半會狠狠批判吧。）

反正只是學生提出的企劃。就算別人難免這麼想，我也覺得自己準備好足以一戰的武器。畢竟我也愛玩遊戲，而且經歷過漫長的時空穿梭之旅。我可不是來這個戰場當炮灰的。

「時間差不多了，那就開始吧。」

堀井先生瞄了一眼時鐘後，告訴所有人。會議室內的照明跟著變暗，反射投影機畫面的螢幕靜靜地降下。

燈光照在第一個發表的我身上。我以手中的指示器照射投影螢幕的四角，確認是否能準確指向。

（好，沒問題。）

我向負責管理器材的茉平先生使個眼色，深呼吸一口氣。然後當著在場所有敵人面前開口。

「我是研發部第一組的，debug 團隊的橋場恭也。接下來我要開始說明企劃。」

第一張幻燈片大大地顯示在投影螢幕上。

然後我以挑戰意味十足的語氣開講。

◇

同一天，三小時後。

傍晚時分，暑氣逐漸消退。我和竹那珂小姐兩人在公司的休息區放空，整個人癱在座墊上。

「哎，雖然已經做好心理準備……不過研發部的同仁真的好認真呢……」

「真的很認真耶……本人都不記得最後說什麼了……」

企劃會議進行得「一帆風順」。

基本流程為我們首先發表，之後回答眾人的疑問。發表時室內鴉雀無聲，不過到了問答時間便一下子熱鬧起來。眾人的硬核問答問得我們疲憊不堪。

（反正成功提出了很有自我風格的企劃案……吧。）

先不論未來如何，這項企劃是我自己想做的遊戲。遊戲類型為冒險。主要出在家用機，不過隨著遊戲進行，需要與遊戲機連線的手機ＡＰＰ遊玩。同時以雙平臺遊玩，最後以結局為目標。

最近得勝者軟體的作品經常完全集中在單一平臺，完全不要求玩家行動。所以我的想法是，透過連結手機提供不同以往的遊戲體驗。

而且對我而言，重點在於這是『美少女遊戲』。

得勝者軟體原本就是靠美少女遊戲起家的公司。這段歷史的影響有多強呢？即使目前主軸已經轉移到家用遊戲機，玩家依然會揶揄說，這次的作品缺乏美少女成分呢。

我的感覺是，公司想消除這種氣氛。不過我認為可以反過來思考，大方凸顯角色的魅力。

在我的想法中，劇情不是那麼重要。基本上設計成好結局，因為我希望玩家著重於與登場角色溝通，以及透過手機模式體驗的一對一玩法。

在超高畫質的遊戲機享受美麗的畫面，手機上的遊戲方式則設計成收發簡訊。這種立體的玩法是我的構想。

浩繁的劇情，充滿大作感的設定……這樣其實也不錯。不過在滿街大作的遊戲市場中，若要想出玩家純粹想嘗試，足以勾起興趣的作品，這就是我的答案。

沒錯，這是我想在當時得勝者軟體的『挑戰嘗試』企劃中提議的遊戲。同時也是我對未來遊戲的期許。

原本是這樣。

「結果被問到怎麼控制與手遊連結的系統。以及由於沒有前例，該怎麼架構遊戲引擎。還有人事成本，單純的研發成本……天啊，被吐槽得體無完膚呢。」

所謂企劃，一開始應該要能自由發揮。由於之後要確認是否有可能實現，所以我可以坦率接受基於現實觀點的批評。若是我學藝不精，就沒話說。

不過同仁的批評與其說看不下去，更像是我不該提出這些意見。

「讓玩家在兩個平臺上遊玩，玩家會感到厭煩。以及什麼年代了，還要回去做古董美少女遊戲。這些批評有點太不留情了。」

關於前者，如果毫無變化，單純揉合兩個平臺的話，確實會有人這麼想。但重點難道不是在於讓玩家感到『有趣』的設計嗎？況且我提到的系統其實有前例，並非在手機，而是在掌機上。如果還沒嘗試就這麼消極，那麼許多類型的遊戲在構思階段就會被打回票了。

至於後者，由於公司以前製作美少女遊戲，有這種意見不奇怪。但這才是問題點。即使作品老派，但遊戲類型可不是，正因如此，我才想到這次變體的新系統。結果在討論之前就被打回票，讓我根本無計可施。

如果仔細地反駁，我還可以招架。可是單憑先入為主的觀念對企劃嗤之以鼻，根本無法誕生什麼新企劃吧

「對嘛!!」

竹那珂小姐一躍而起，滔滔不絕說起我的氣話。

「本人之前也一直懷疑。得勝者軟體明明推出過非常有趣的美少女遊戲，結果始終不願發揮自己的長處！而且隨著場景切換至手機，照理說肯定會有趣。可是他們卻說很無聊，本人覺得才不會呢!!」

「謝謝妳。不過畢竟被批評得體無完膚呢。」

「問題就在這裡！或許……不應該這麼說，但是研發部的人都有眼無珠！」

「拜、拜託，別鬧了啦？」

竹那珂小姐開始卯起來大大方方地批判，嚇得我急忙環顧四周。

「有什麼關係！這是本人的想法。研發部簡直瀰漫著一股對新事物過敏般的氣氛。就是覺得這樣很糟糕，堀井先生才會提出這次的企劃案啊!!」

我也有相同感覺。

要去除守舊、封閉的觀念，吸收新的事物。比起採用我們的企劃，堀井先生的目的應該是藉由年輕人提出獨特的意見，設法開啟變化的契機。

實際上，我認為這一點很順利。我提出的企劃多少有觀望的部分。但是加上隨後

竹那珂小姐的企劃，應該掀起了不小的討論風潮吧。

「實際上，堀井先生和茉平先生都大力稱讚大大的企劃呢！這就是答案！」

沒錯，這才是本次企劃會議的目的。兩位主策劃人稱讚我的這一刻，我就確信可以算是『成功』了。

可是。

「不過這一次，我個人有不小的收穫。」

「咦？是指研發部同仁的反應嗎？」

「不，是妳提出的企劃案。」

沒錯，這次她的企劃才是我原本想提出的，建立在全新地平線的構想。

「沒、沒有啦……本人的企劃怎麼能跟大大的比較呢。根本就毫無章法嘛。」

竹那珂小姐害羞地抓抓頭。

但是我認為，她的企劃才能為研發部帶來一股嶄新的風氣。

她在傳統手機依然全盛的時期，提出以智慧型手機為平臺，縱向全畫面的一對一視覺小說。由於是縱向畫面，可以清楚看見角色。充分活用智慧型手機的企劃內容，連頭腦頑固的研發部同仁都開口稱讚。

知道未來的我，提出這種企劃是理所當然的。不過她能在現階段想到有效活用智慧型手機，的確擁有優秀的先見之明。

「但是最吸引我的興趣的，還是畫風。」

「那部分被批評得體無完膚呢……哈哈。」

竹那珂小姐提議，由於本次企劃完全以數位化為主，因此完全排除印刷輸出。而是採用強烈RGB基礎原色的插圖。而且這些插圖還是她自己畫的。

十年後，好像有些插畫師以這種網點的插圖為主軸，並且受到歡迎。不過當時這種強調RGB的色彩運用方式尚未成為主流。

她在此時大大方方說「接下來會有這種繪畫方式」，衝擊性彷彿在我臉上甩一巴掌。連知道未來的我都有這種想法，在場的保守分子肯定會覺得好像看到外星人。

「可是結果就是一切……堀井先生與茉平先生都說，還需要多一點說服力。本人也覺得是這樣。」

「絕、絕對沒有！」

我忍不住站起身。

「咦，大、大大……？」

看到我氣勢洶洶，竹那珂小姐嚇得身體一抖。

「妳提出的企劃，呃……目前可能還有很多人無法理解，但是絕對會對未來產生啟發。」

真正嶄新的事物肯定不會受到大眾認同。歷史已經證明過，以前推出的新事物，在剛開始都遭受何種眼光看待。

正因如此，先驅才會受到稱讚。我希望告訴她，她在這個時代提這樣的點子是很有價值的。

「其實我真的嚇了一跳。妳突然說印刷在色彩上有極限，所以今後絕對是數位化的天下……妳的意見讓我很有未來的感覺呢。」

其實我煩惱過該不該告訴她。因為不知道未來的人可說不出這種話。

可是我忍不住說出口。因為她只是毫無實際成就的學生，別人聽了才會嗤之以鼻。如果講這句話的人是喬布斯，有可能所有印刷品都會走入歷史。如今未來就有這種趨勢。

「所以……希望妳能拿出自信。即使遭到些許反對，也要有堅持到底的堅強。」

我愈說愈激動，筆直注視著她的眼睛解釋。

「抱歉，一下子說了這麼多，呃……」

感到難為情的我轉過頭去。

不小心面對學妹這麼激動。但是在這裡發生的事情，毫無疑問是未來。想到她今後的發展，我絕對……

「哈、哈哈……哈哈哈。」

竹那珂小姐不停眨眼，雖然一直露出似乎很害羞的笑容，但是不久，

「呃，大大……」

「嗯，什麼事？」

她開口後，又扭捏地低下頭去，聲音小得完全聽不出平時的活力，

「很長～～一段時間，總是有人說我不論做什麼，始終讓人摸不著頭緒。」

「是指妳的創作嗎？」

竹那珂小姐點頭表示「嗯」，

「不只是創作，說的話也是。我喜歡新事物，喜歡前所未見的東西。所以才希望自己也能創作出同樣嶄新的作品。可是實際著手後，別人總是說莫名其妙，從來沒有人稱讚我有趣。」

一口氣說完後，她抬起頭來。

只見竹那珂小姐的臉龐明顯通紅。眼角泛起些許淚光，顯然與她平時的表情不一樣。

「所以……這真的是第一次有人能正面認同我。還是我向來尊敬的橋場先生……我……」

然後她再度難為情地低頭。

「呃，噢……太、太好了，嗯。」

我的回答簡直讓人想吐槽『到底好什麼啊』。

其實我非常坦率地將自己的想法告訴她。而且我完全不後悔，也覺得她的反應很正常，

不過……

（感覺開啟了某種奇怪的開關。）

她沒有喊我大大，自稱也從本人變成了我。我不太會形容，但是氣氛的確與之前的她不一樣。

如果河瀨川在場，肯定會露出極度輕視的眼神與深深嘆氣，然後用這句話吐槽我：

『就說橋場你太糊塗了啦。』

（嗯，抱歉）

這時候她多半在拍攝現場打了個大噴嚏，我在心中暗暗向她道歉。

◇

回到研發部後，茉平先生直接找我去會議室一趟。

猜想肯定是為了剛才的企劃，然後不出所料，就是為了這件事。

「首先真的辛苦你了。剛剛被狠狠批評一番了吧？」

聽到茉平先生的慰勞，我也坦率道謝。

「沒有啦，怎麼會呢。話說可以問您一個問題嗎？」

「嗯，好啊。我就猜到你多半會問。」

茉平先生一如往常，露出爽朗的笑容。

「這次的企劃會議，是為了通過茉平先生的企劃而召開的吧？」

我單刀直入地問。

這次會議的報告順序首先是我，接下來是竹那珂小姐，最後則是茉平先生。

我的提案被吐槽得體無完膚，但以企劃而言還算合格。竹那珂小姐的提案以企劃而言很可惜，不過嶄新的點子相當優秀。

最後是茉平先生的提案……擷取我和竹那珂小姐議案的優點，還以完美的理論武裝，相當優秀。

結果茉平先生的企劃案經由高層確認後，進入評估可行性階段。考慮到這是學生提出的企劃，堪稱相當漂亮的勝仗。

可是從報告順序來看，本次企劃會議有點不太正常。

我並非因為自己受到利用而生氣，只是想先問清楚，究竟發生了什麼事。

「首先，有句話我要先告訴你。」

茉平先生緩緩起身，向我開口。

「我沒有偷看你們的提案，也沒有拿你們的提案當成墊腳石，這些都不是事實。因為這樣太失禮了。」

「嗯，我想也是。」

事實上，雖然我和竹那珂小姐找茉平先生稍微聊過提案。不過剛才在會議室內，是我們第一次提及企劃的全貌。

「雖然有這個前提，不過我其實已經多少猜到你們會提出什麼樣的企劃了。」

「嗯，其實我已經隱約猜到了。」

這幾個月與茉平先生工作的感想是，他真的非常努力。而且思維還相當柔軟。所以他多半很快就摸清我們的想法。也才能巧妙結合我和竹那珂小姐的提案，提出家用遊戲機與智慧型手機連動的企劃。而且連我們的企劃中可能出現的破綻，都詳細提到實務等級的應對策略。

「但我並非瞧不起你們才預料到。而是正好相反，因為我期待你們。」

「期待……是嗎。」

「嗯。老實說，我對目前的研發部累積了許多不滿。」

聽得我忍不住確認四周。雖然這裡是會議室，但一旁就是茉平先生不滿的研發部。

「沒關係，放心吧。大家早就知道我對研發部不滿了。」

他快活地哈哈笑，

「所以我希望你們能站在我這邊。接下來我和堀井先生即將推動新方案，希望兩位務必和我們一起合作。」

「是針對那項企劃嗎？」

「也算。不過你可以事違我們有更宏大的願景。」

茉平先生充滿自信地緊盯著我。雖然他的表情與平時一樣柔和，卻散發出強勢，或者不容分說的氣氛。

「你打算念完大學嗎？」

「大藝大嗎？嗯，是的。」

他的眼神看起來彷彿在發光。

「如果你只是基於義務而念大學，實在太浪費了，建議你立刻離開。只要學到了必要的知識，大學就沒有長待的價值。」

然後他直接勸我離開大學。

「其實我正在考慮不念了。」

「咦，意思是……要從京國大輟學？」

一般而言，不會有人念了那麼好的學校還半途而廢。

「因為升上大四後，無謂的雜事變多了。幸好我想學的已經全部學完，依照今後的情況，有可能會不念。」

當著驚訝不已的我面前，茉平先生繼續說。

「堀井先生的人脈對大藝大的工讀生而言很強大，幾乎等於實習了。當然公司不會立刻錄用，不過入職測驗的時候會加很多分數。」

聽得我一句話都說不出口。每句話都讓我驚訝，始終保持沉默。

最後茉平先生向我推了最後一把。

「你要不要也試試看，我覺得有挑戰的價值。」

我感到心中一陣揪緊。

感覺我終於走到了這一步。進入自己嚮往的公司，並且獲得良好的評價，在職的同仁還主動拉拔我。

其實我開心得幾乎要發抖。因為我一開始的目標之一就是進入這間公司。

可是——

「非常感謝您的提議……但是我應該會推辭。」

「可以告訴我原因嗎？」

我點頭同意後，跟著開口。

「有幸參加這次的企劃會議，榮獲兩位的稱讚，但我還是覺得自己實力不足。這才是最大的原因。」

「這句話真刁難人呢，難道堀井先生和我的稱讚不夠嗎？」

「不，我覺得很高興。可是……」

我想起剛才會議的情況。然後開口。

「我需要說服力，足以讓懷疑我的人閉嘴。」

這句話讓茉平先生表情一變。露出嚴肅的面孔。

「我認為剛才在場的堀井先生和您，都公平看待我的企劃。可是兩位原本的立場就傾向於贊同我。」

再考慮到會議主軸是打破老舊的習慣。兩位其實是為剛才在場上的我和竹那珂小姐提供火力支援。

可是資深同仁並未扮白臉，表達支持的人就不多。即使不考慮立場問題，如果缺乏力量讓人感到「這個企劃真有趣」，今後也很難擔任研發企劃的職務。

「所以我想變得更強。念書也是原因之一，但我在那間學校還有許多要做的事情。」

之後發生了許多事情。

進入大學，認識同學與學長們，除了系上學分以外還學了許多東西。然後也知道自己還有很多事情沒學過。而且還遇見像竹那珂小姐這樣有趣的學妹。

更重要的是白金世代的夥伴們。包括貫之、奈奈子與志野亞貴。我對他們還一無所知，還有許多想深入了解之處。

我希望扮演的角色，是能提供更根本的協助。不只是對她，也包括其他人。

「目前我還想待在大學裡。」

所以我明確拒絕了輟學進公司就業的路線。

茉平先生一直默默聽我說，不久後，

「──果然沒錯，我真羨慕你呢。」

對我微微一笑。

「咦？」

「待在大學這種場所，身邊還有朋友。過著充實的生活，可以討論彼此專注的事物，這些都是我缺乏的。」

說到這裡的茉平先生，看起來果然有些寂寞。

根據剛才的對話，可知他在研發部也算是異類。即使有堀井先生這樣強而有力的靠山，估計也樹立了不少敵人。

某種意義上，他靠自己的能力與人品扭轉了不利的局面。他很厲害，但是反過來說，內在可能有脆弱的一面。

（啊……對了。）

我終於稍微明白加納老師之前說的那句話。之前我就猜想，能力這麼強的人大概有某些地方脆弱。在這種集團內受到孤立，精神上的確會受到很大的壓力。所以與他站在同一陣線，或許等於幫助他。

「很抱歉無法滿足您的要求。」

「沒關係啦，我的提議也太突然了。不過……」

他堅定注視我的眼神、

「今後如果你改變了想法——再找我商量吧。」

「好、好的。」

他果然很堅強。

剛才這一瞬間，我實際感受到。

「那就聊到這邊吧。回去工作囉。」

在我回答後前往出口的途中，我偶然想起，

「話說回來……」

有件事情我略感興趣，於是詢問茉平先生。

「茉平先生喜歡遊戲嗎？」

之前面試時，堀井先生問了我這個問題。

這個問題的真正意涵，以及時機都是謎團。不過我很好奇茉平先生會怎麼回答。

原本我以為他會立刻開口，

「…………」

結果面對我的問題，茉平先生表情僵硬。

原本我只是隨口一問，事後才發現有些話題其實不該問。例如個人隱私，挺哪個職業運動隊伍，或是宗教議題。

不過那是因為維持人際關係的過程中，自然知道這些問題不該問。所以只要不是注意力特別散漫的人，本來就會避開這些有爭議的問題。

但還有一種情況經常發生，就是連當事人都沒料到話題會踩中對方的雷。事後當事人會感到疑惑，這種問題需要那麼在意，或是大發雷霆嗎？

而這時候的我，

「喜歡遊戲，是嗎……」

正好見到茉平先生表情改變的瞬間。

「欸，橋場。」

「嗯，什麼事呢。」

「所謂的喜歡，意思是即使豁出一切都能維持熱愛嗎？」

這句話是什麼意思呢。

我喜歡遊戲。所以即使得勝者軟體的工作比普通業務繁忙，我也沒有絲毫不滿。

雖然要看與什麼比較，不過在大部分情況下，我認為喜好可以勝過一切。

「嗯，是的。喜好代表能獲得力量的事物。」

某種程度上，我對這個答案還滿有自信的。

「我並不這麼想喔。」

不過茉平先生否定我這句話的語氣，出乎意料地強烈。

「因為喜好會隨著時間改變。的確可能發揮短暫的爆發力，可是一旦熱度衰退，我認為就結束了。」

甚至擔心他以前是否發生過什麼。而且他的口氣難得有點失去冷靜。

不久後，似乎連他自己都發覺到，

「抱歉，氣氛變得莫名嚴肅了呢。」

笑著為自己說過的話緩頰。

「噢，不會……我才應該道歉。」

他說話的音調讓我感覺到，這是不可以碰觸的議題。

當然我不打算當場問他心中的想法。即使今後有機會認識他，也不能基於興趣問他這個問題。

但是照理說，喜歡遊戲的人才會進入這間公司。面對是否喜歡遊戲的問題時，怎麼會有這種表情呢。

茉平先生堪稱我理想中的前輩。如果將來我進入得勝者軟體，肯定會想與他共事。

可是聽到他剛才的回答，我有點嚇到。

在我即將進一步深思時，電子音樂突然從口袋響起。是收到簡訊的聲音。

「咦？是簡訊。不好意思，我確認一下……」

「嗯，那我先回去了。」

然後茉平先生靜靜離開會議室。

我看向手機螢幕，上頭顯示簡訊是奈奈子傳來的。

『現在能不能來心齋橋一趟，可能的話立刻就來。』

內容讓我感到驚訝。簡訊標題甚至寫著『緊急』兩個字。

「咦，不會吧，現在幾點？」

正好接近下班時間。心齋橋離公司不遠，等一下打卡下班後直接過去，肯定可以抵達。

「奈奈子有什麼事情嗎……」

如果真的有急事聯絡，應該不會傳簡訊，而是打電話。所以傳簡訊代表情況沒有那麼緊急。

不過前提是她能講電話。她沒打電話的原因，或許是想打也沒辦法。

今天沒什麼需要加班的工作。直接下班也不會造成研發部的麻煩。

「不好意思！今天我先下班了！」

於是我下定決心前往。我回到自己座位，立刻準備下班。

「啊，那本人也要準備下班……！」

「抱歉，今天得去個地方，先走一步了！」

我甩掉準備喊住我的竹那珂小姐，急忙衝進電梯，趕往車站。

該說今天是特異日嗎，好多事情在這一天發生。

前有在緊張中進行的企劃會議，後有竹那珂小姐讓我大吃一驚的發言。連茉平先生都問我有沒有意願輟學，直接進公司就職。

在一連串事件中，奈奈子傳簡訊連絡我。透過簡訊可知，即使不算緊急，但她希望我盡快趕去。而且她以前從未在簡訊中這麼寫。

我的確感到有點不安。所以我打從心底希望，一切只是我多心而已。

◇

一抵達心齋橋後，我再度確認簡訊。剛才我只告訴她正趕往她那邊。但我發現她又傳了一封告知詳細地點的簡訊。

「在店內……？」

簡訊中提到店名與座位位置。根據內容，她該不會與某人見面，而且與對方發生爭執了吧。

「難道是合作的對象嗎。」

之前我聽說她在和 Vocaloid P 直接見面討論。或許中途發生了什麼麻煩。

簡訊指定的店是散發高級感的時髦咖啡吧，一般學生不太容易選擇這裡。

看起來不像平常討論時會找的場所，考慮到店的用途，

「是鼓起勇氣……找對方約會吧。」

奈奈子在這裡，還傳簡訊要我立刻趕到。

我覺得情況可能不太好。

「我得快一點！」

於是我衝向電梯，心急如焚地等待電梯升上七樓。

電梯門開啟的同時我衝進店內，立刻向店員詢問。

「請問客人有預約嗎？」

「我朋友在裡面！」

半強行進入店內後，

「在哪一桌啊……可惡。」

店內的動線特別複雜。而且可能為了營造氣氛，照明也昏暗，很難分辨在哪裡。等我終於確認座位後，瞄到像是奈奈子的褐色秀髮。我急忙趕往該處，確認本人後開口一喊。

「讓妳久等了！咦，哎呀……？」

奈奈子回頭一瞧。她的表情有些緊張，但看不出來正身陷麻煩等情況。她的對面則是，

「啊……請問您是尬吉貝里P先生嗎？」

一頭淺綠色頭髮，帶著銀框眼鏡，打扮很有街頭風格。散發出個性十足的氣氛，不過五官輪廓很深，十分有型。

在NicoNico超會議與動畫類直播活動上的熟面孔，現在放鬆地坐在座位上。

「咦，請問我們在哪裡見過面嗎？該不會我露臉做過什麼吧？」

我心想慘了。因為我在未來早就知道他的長相，才認出他的身分。但是在這個時代，他應該還接近默默無名。

「呃，這個，因為聽說奈奈子要與別人合作，我猜想會不會是您。」

總之我找理由圓過去。

「原來如此，是這樣啊！哎呀～要是早一點先問清楚就好了，剛才真是過意不去呢。」

「咦？」

感覺氣氛有些不可思議。

「奈奈子也是，要是早點告訴我妳有男朋友就好了！」

「!!」

吃驚的我望向奈奈子。

這時候她一語不發，對我露出僵硬的表情，

（體諒一下。）

以眼神向我示意。

（……我逐漸明白了。）

我也配合現場的氣氛，坐在奈奈子身邊。

「您好，我是擔任奈奈子製作人的橋場。」

「您好，非常感謝您～我是尬吉貝里P，名叫岡田～」

原來他的本名叫岡田啊……暫且不論聽到意料之外的情報，

「沒有啦，真是抱歉！剛才聊著聊著，聊到想見奈奈子……不，奈奈子小姐口中的橋場先生。」

「是、是嗎……」

他很有親和力，不過一言以蔽之，有點輕浮。我對他的印象是彼此屬於不同類型的人。

「所以才突然拜託您前來一趟，不過這下子就明白了！啊，然後關於這次的合作事宜呢～」

宛如剛才的話題到此打住，尬吉貝里P談起預定計畫，以及想表演的節目。我瞄了一眼身旁的奈奈子，只見她始終一臉尷尬，表情絲毫沒有放鬆。

◇

「真──的很抱歉!!」

與尬吉貝里P道別後，我們兩人走了一段路。奈奈子便立刻深深低下頭去，雙手合十為剛才的事情全面道歉。

「其實我大概猜到了，稱呼我為男朋友是想轉移什麼焦點吧？」

奈奈子點點頭，

「因為他向我表白。」

「咦，表、表白？」

「我原以為會正常地一如往常討論。結果從坐下後他就煞有其事地扯東扯西，然後突然向我表白。」

然後她深深嘆了一口氣，

「在我思考該怎麼拒絕他的時候，突然想起恭也你的名字……真的很抱歉啦。原以為可以勉強蒙混過關，結果他說想見你一面。」

我猜他想確認奈奈子是否真的有男朋友。

「雖然知道你還在上班，但如果可以來一趟最好，所以我才傳簡訊給你。我心想如果不行的話，就找個原因逃之夭夭。」

結果我馬上就趕到，才好不容易圓了場。

「所以完全是我自己不小心，對不起。」

奈奈子再度深深低頭致歉。

「其實妳不用道歉啦。問題在於對方太白目，居然在討論的場合表白……」

沒錯，其實責任不在奈奈子身上。

如果在初始階段過度警戒，對方可能會覺得奈奈子太自作多情。結果只能守株待兔，等對方先出牌，這是唯一的方法。

「不過之前就發生同樣的事情啦……對不對？」

「是、是沒錯……」

其實我之前就想過，她肯定會在意。

奈奈子已經清楚向我表白過。並且還體諒現在還無暇談戀愛的我，所以我也得以藉共同創作的關係切割彼此。

她肯定也比照辦理，但是感情卻在意想不到的地方死灰復燃。

（真會節外生枝啊。）

我這句話不僅對尬吉貝里P的毫無節操感到錯愕，同時由衷同情奈奈子。

我們兩人一語不發，默默走在街上。幸好夏天的心齋橋人潮洶湧，雜音也多，彼此可以不用開口。如果現在開口，有可能會提及相當麻煩的話題。

「我啊。」

大概默默走了幾分鐘後。

奈奈子突然主動開口。

「如今對音樂的熱愛，遠超過自己的想像。」

「這是……什麼意思？」

我反問後，她一臉苦笑，

「對方突然表白，老實說我很生氣，怎麼會有人在這種時機如此白目。可是我更不甘心的是，彼此的合作就這樣告吹了。」

奈奈子單純為了音樂的事宜赴約。理所當然，這是給予對方的作品正面評價後，抱持敬意見對方的面。

「結果卻聊起了這種內容。而且他之前說寫到今天為止的歌詞，到現在還沒上傳，真的讓我好失望。」

聽奈奈子這麼說，我反而覺得很高興。

不知不覺中，她已經成為相當優秀的創作者。不是因為別人提及或稱讚，而是她能以發自內心的想法為優先。這讓我非常高興。

「我會拒絕與他合作。然後更加專注在單曲與別人的合作事宜。這樣可以吧？」

我的反應是當然可以。

「我想唱許多歌曲，讓許多人聆聽。希望那些像之前的我一樣，想行動卻不敢鼓起勇氣的人聆聽。」

我想起來了。在未來的世界，我身陷絕望時聽到奈奈子的歌聲。歌聲非常率直，清澈無濁，給了我勇氣。

「這是好事，我覺得非常了不起。」

奈奈子開心一笑，

「我可不能裹足不前。我還有好多想唱的歌，以及想寫的曲子。真的不能為了無聊的事情耽擱呢。」

一口氣說到這裡，似乎發現什麼的她『啊』了一聲，

「不過我可沒有……忘記恭也你喔。」

「嗯，我知道。」

該說今天是特異日嗎，好多事情在這一天發生。

經歷過企劃會議這場大事件，更進一步了解竹那珂小姐。與茉平先生談過後，有機會思考自己的將來。

然後奈奈子聯絡我，急忙趕去之後，被捲入多事的 Vocaloid P 惹出的風波。最後好不容易搞定，然後。

等我偶然回過神來，原以為剛才一直在我身邊的女孩，

「來，恭也，回去吧。」

「嗯，好啊。」

不知不覺已經走在我的前方。

◇

八月過了一半後，貫之愈來愈忙碌。即使在共享住宅中一同生活，也經常為了接電話而離席。而且每次講完電話後，他都會十分開心。

這一天，一大早就準備出門的貫之見到我，便說他即將前往東京

「責編突然聯絡我，要安排我和前輩作家與插畫師見面。聽說九月份彼此要往來呢。」

在大門前方邊穿鞋子，貫之邊告訴我。

「太好了，我覺得你已經成為真正的作家啦。」

「是嗎……」

即使貫之歪頭疑惑，我多少可以確定。

一般而言，沒有人會向前途黯淡的人介紹目前正在活躍的前輩。我認為責編肯定對貫之有一定的評價。

當然，之後才知道作品實際發售的結果，目前還無法確定。但是這麼一來，貫之又稍微朝目標邁進了一步。

推辭合作的奈奈子，過一陣子後似乎收到尬吉貝里P的道歉，以及再度詢問「能不能重新考慮看看」。但是不久後就沒聯絡了，似乎準備展開正式的獨唱。

「那起合作雖然告吹，不過又收到其他合作的邀請。這一次就進行得很順利，我想試著與獨唱同時進行。」

一問之下，邀請者又是一位將來很有希望的Vocaloid P。

「如果屆時對方又向我表白，我可以再找你來嗎？」

她苦笑著問我，

「如果這樣能派上用場，我隨時都會去。」

我如此回答後，奈奈子便開心一笑。

我不太會形容，但我覺得她已經掌握到我們彼此之間的最佳距離。

在我意識到兩人之間距離的某一日。

我一如往常在客廳睡著。知道今天要打工，為了避免發生上次的醜態，我設置了好幾個鬧鐘。

在第二個鬧鐘順利叫醒我的時候，

「嗯……志野亞貴？」

眼睛睜開一瞧，是她一如往常溫柔的臉龐。

「恭也同學，早安啊。今天要出門吧？」

「謝謝妳，那我出門囉。」

我揹起包包，稍微整理頭髮，在大門口穿上鞋子。距離公車來之前，時間還很充裕。

剛一開門，志野亞貴便向我揮揮手，

「路上小心喔～啊，封面插圖我已經交稿了。」

「是嗎，太好了。」

過了一個大難關，我鬆了口氣走出家門。

坐在開往車站的公車內，我同時思考志野亞貴的工作。

原本遲遲沒有進展的封面插圖，好不容易找到妥協方案，決定繪製成彩色。到了這一步就能決定設計，可以繼續繪製，責編也非常開心。

可是志野亞貴畫圖的速度明顯減慢了不少。工作不順是原因之一，不過草稿的問題沒有徹底解決，果然在此時拖了後腿。

「但是不清楚真正的情況呢。」

不論是志野亞貴完成的部分，或是沒完成的部分，她都很少開口。當然她也很少抱怨，所以我很難得知她哪裡不滿……應該說我根本毫無頭緒。

「噢，得換車了。」

公車抵達車站，幾名乘客接連下車。

我也跟著他們下車，前往車站。

（好好和她聊一聊創作的事情吧……不，突然這麼做，只會讓志野亞貴感到混亂吧。）

在進入下一項作業之前，究竟該不該採取行動。一邊思索的我，走向開往阿部野橋的電車月臺。

或許只能在工作過程中尋找答案。如此心想的我，決定持續與志野亞貴對話。

其實我也沒有什麼方法。

「只能按部就班完成了。」

畢竟才剛剛開始與她一起工作。

◇

在上班前三十分鐘抵達研發部。先來的茉平先生便說「你來得正好」，叫我前往會議室。

不知道什麼事的我從座位起身。正好提早抵達的竹那珂小姐，也跟著被叫去會議室。

「大大，您有聽說是為了什麼嗎？」

「不，前輩也是剛剛才叫我過去。」

感到不解的我們前往會議室，坐在一起。

「抱歉一大早找你們來。不是什麼麻煩事，應該說是好事。」

繞圈子的說法和之前的企劃會議一樣，我有些提高警覺，

「那我就說明囉。之前我提出的企劃，上頭正式通過了。」

我和竹那珂小姐互望一眼，然後輕輕向茉平先生拍手道賀。

「謝謝你們。關於這項企劃，我希望你們也能參與。」

聽到茉平先生這句話，我們再度同時露出不解的表情。

「竹那珂小姐參加視覺方面的概念設計。至於橋場，你則是本項企劃的核心，與

智慧型手機的連結。」

對於突如其來的要求，我們都一臉茫然。茉平先生可能以為我們在猶豫，

「抱歉事出突然，但你們能不能考慮看看呢？」

變成確認我們的參加意願，

「嗯，沒有問題！」

「本人可以參加嗎？當然好啊!!」

於是我們立刻答應。

「太好了。那麼稍後我會給你們具體的指示。等你們手邊的 debug 工作完成後就來找我。」

我們點頭同意後，便一起從座位起身。正準備回到自己的座位時，在我不遠處的茉平先生，

「我很期待你的表現，橋場。」

小聲地對我說，

「我也非常期待。」

我也同樣如此回答。

茉平先生一直孤軍奮戰，試圖改變研發部整體的氣氛。靜靜燃燒鬥志的人，今後會如何營運一項企劃呢。這對正在學習成為製作人的我，肯定很有參考價值。

◇

「大大難道不會有點後悔嗎？」

一回到座位上，竹那珂小姐便這樣問我。

「當然也有一點這麼想。不過更重要的是……」

「什麼呢？」

「純粹期待能製作遊戲啊。我更覺得自己好不容易站在起跑線了呢。」

不知道是否為了激發我們的熱情，茉平先生的企劃修正案添加了許多我和竹那珂小姐的點子。也許是很細微的部分，但我純粹感到開心。

而且我知道，自己還有許多未成熟的地方，必須努力才行。所以能在茉平先生這麼優秀的人底下工作，真的意義非凡。

「對啊~本人也非常有幹勁呢。今後得近一步學習插畫的知識才行！」

竹那珂小姐不只負責監修視覺方面，還要思考角色等概念方案。目前已經決定整體完全採用竹那珂小姐的風格，這一點應該也讓人開心。

「還有，大大。」

「嗯？」

我耳朵一湊近，她便突然說悄悄話，

「……本人會努力的。」

說完後微微一笑，回到自己的座位。

而我則一直面紅耳赤，不發一語。

（拜託，她只是說她會加油，我在胡思亂想什麼啊。）

腦海中一瞬間浮現河瀨川錯愕的表情。

我重新振作，開始今天的業務。反正新企劃是接下來的事情，正當我打開信箱，準備著手平時的 debug 工作時，

手機響了。

「怎麼了，又是誰傳簡訊給我……」

我掏出手機一瞧，發現今天不是簡訊，而是一般的來電。

「咦，是哪裡啊。」

來電有顯示號碼，但不在通訊錄中。根據區碼，毫無疑問是大學所在的喜志附近。

希望不是什麼奇怪的推銷電話……如此心想的我，按下通話鍵。

「喂，我是橋場。」

電話剛一接通，對方立刻平淡地開口。

「不好意思，我是富田林永代醫院的佐島。您是志野……亞貴的朋友沒錯吧？」

「咦……」

接下來的對話，事後我怎麼想都想不起來。

終章　SAVE

『不顧一切』應該正好形容我剛才的舉動吧，我心想。

在公司一接到電話，我馬上向茉平先生說明原委，立刻申請早退。然後我搭電車以最快的速度轉車，前往富田林。

大學所在的喜志車站附近沒什麼大型市鎮。位於兩側的古市車站與富田林車站分別為兩市的代表車站，形成規模較大的城鎮。

富田林市內名列前茅的大醫院中，有間醫院的醫生與貫之的父親是舊識。

『有任何事情都歡迎前來。』

之前貫之過勞昏倒的時候，醫生說過這句話。不知道是志野亞貴還記得，還是貫之幫我聯絡那位醫生。

可是這麼一來，就不知道醫院為何會直接連絡我。雖然院方說並不緊急，但我實在感到很不安。

「可惡……為什麼，為什麼我會在這麼重要的時候……」

我在電車的座位上一直雙手緊握，同時咒罵自己的疏忽。事前明明有許多徵兆。

考慮到她本人的個性太過努力，以及工作的緊湊程度，顯然會發生這種情況。雖然茉平先生沒提到志野亞貴，但他也說過健康管理等問題。而我卻沒有加以活用，真是太蠢了。

「拜託……趕快抵達吧，快點……」

碰到這種時候，就覺得電車慢得像烏龜在爬。我當然知道體感時間的流逝會隨個人情況而改變，但我從未有這麼深刻的感受。

我想起未來的那一天，因為自己會錯意而追著河瀨川跑去機場。希望這次也和那次同樣是虛驚一場。

◇

醫院的位置很不錯，從車站步行只需要幾分鐘。有點顧不得禮節的我，急著在路上拔腿狂奔。

向櫃檯告知姓名後，櫃檯人員似乎已經得到通知，迅速告訴我病房號碼。在醫院畢竟不能奔跑，所以我快步走向病房。

「這一間……三〇一號房。」

是普通病房，可以稍微放心了。不，之前聯絡時已經聽醫生提過，但是在親眼見到前都無法放下心中的大石。

我一打開房門，便發現六張並排的病床左後方，有個女孩沒有躺著，而是坐在病床上。她發現我之後，對我溫柔微笑並揮揮手。

「志野亞貴……！」

不小心稍微喊得大聲了點，我急忙摀住嘴。然後我直接走到她身邊，首先開口問她。

「沒、沒事吧……？」

志野亞貴微微一笑，

「抱歉喔，讓你擔心了。本來很猶豫要不要聯絡你，但是家裡其他人正好手機都打不通。所以才打電話給你。」

原來如此……但是幸好還能聯絡到我。志野亞貴肯定也相當不安。

「我在家裡工作，下樓來到客廳準備泡杯茶，結果感到頭暈目眩。眼前變得一片黑，多半也無法走到醫院就診，所以我才會叫救護車。」

家裡除了志野亞貴以外沒有別人。如果她有駕照，或許可以考慮自行開車前往醫院。不過安全起見，還好沒有這麼做。

「聽醫生說是過勞。最近的確有點太專注在工作上了呢。我說最近睡得比較少，飯也吃得少，醫生就罵我說絕對不可以這樣。」

志野亞貴難為情地面露微笑。

「因為覺得必須努力才行啊。奈奈子和貫之兩人都愈來愈厲害，恭也同學每天也很拚，只有我在原地踏步，感覺有點難受呢。」

原來這才是她如此全神貫注的原因。

我一直以為志野亞貴很厲害。不，至今我依然認為她對創作的熱情十分強大。可是這不代表她的嬌小身軀有足夠的體力負荷。

這時候我再次想到九路田的厲害之處。之前志野亞貴的工作量多得驚人。他肯定相當仔細管理志野亞貴的體力，調整趕工進度，才讓工作順利完成。

或許他對我的忠告還包括了這些層面。

「應該……沒有什麼疾病吧？」

「沒有喔。真是抱歉，其實完全不用恭也同學你擔心。醫生說我今天就可以出院呢。」

這間病床也是正好有空位，院方才讓志野亞貴在這裡休息，其實她沒有必要住院。

「志野亞貴……對不起。」

我道歉後，志野亞貴便搖搖頭，

「恭也同學你完全不用道歉啦。」

「不，我需要。我明明說過和妳一起工作，結果我完全沒盡到自己的責任。」

管理工作行程當然包括體能與情緒管理。既然我沒有仔細執行，自然就等於怠忽職守。

「明知道不能勉強妳，卻還接新的工作……我完全沒考慮大家的情況。」

貫之離去的時候，我明明痛徹心扉。是我害貫之痛苦不堪。還害未來的志野亞貴，以及奈奈子等人留下難過的回憶。

雖然以結果而言，那個未來也值得肯定。可是毫無疑問，我並未從過去學到任何教訓。

「真的不用放在心上啦。如果凡事都要靠恭也同學照顧，那不就變成家人了嗎。」

「家人……？」

「所以適度就好了啦。」

或許她是為了安慰我才這麼說。我心知肚明。

可是志野亞貴這句話，讓我想起之前的家庭。

我有志野亞貴，還有女兒。雖然有難過的事情，卻是個溫暖的家。即使她面臨的情況不一樣，依然溫柔面露笑容。

面前的志野亞貴，將來也會擁有那麼溫馨的家庭嗎。到時候她是否還喜歡畫畫，依然靠畫畫為生呢。

開始有樣學樣當起製作人後，即使經歷一些失敗，但我依然感覺自己稍微在進步。說成長可能太狂妄了，但我還是覺得自己有收穫。

可是再度目睹重大的失敗後，讓我深刻感受到。

其實我一無所知。不論是製作這一行，還是志野亞貴這個人。

我確切感受到自己想了解她。而我也不知道這究竟是為了製作經驗，還是對她這個人的想法更加強烈。

不過當著在我面前，溫柔地面露微笑的女孩，我不想再重蹈覆轍。或許是這種心情愈來愈堅定的關係。

我絕對不會走向悲劇的未來。腦海中浮現這種想法的時候，我自然地開了口。

「欸，志野亞貴，我……」

頓了半晌後，我繼續說。

「我想進一步了解妳。」

不小心口不擇言了呢，我心想。

「恭也同學……？」

「我喜歡創作的妳，也喜歡妳創作的作品。可是我對妳還一無所知。」

回想起來，這句話挺難為情的。

可是我不希望她離我晚去。所以我認為這句話真的有必要，才會自然而然說出口吧。

「抱、抱歉，我說得太突然了。」

換個角度解讀的話，這句話也可以當成表白。

「這個呢……」

我不知道這時候的志野亞貴是怎麼想的。

但是我記得很清楚，她的表情非常溫柔，而且富有包容力。

「我之前也聯絡過責編。幸好工作進度還有餘裕，責編問我要不要乾脆放個假。」

「原來是這樣。」

志野亞貴點點頭。

「所以我想回去一趟，大約三天吧。」

即使我很遲鈍，也知道『回去』並不是指回到共享住宅。而是回到她的老家福岡。她肯定很珍惜自己的老家，每次放長假都一定會回去一趟。

「欸，恭也同學。」

志野亞貴望向我。

來自戶外的陽光灑落，讓志野亞貴的表情熠熠生輝，甚至有種神祕感。當時我甚至覺得她看起來超越了凡人的境界。

可能聽起來不太真實，當時她對我說的這句話，我甚至得花點時間才明白她的意思。

「要不要——陪我一起來福岡？」

頓了半晌，我才明白這句話的意思。

「我陪妳，一起去……？」

志野亞貴緩緩面露微笑地點頭。

後記

為各位讀者帶來《我們的重製人生》第八集。包含β線的話，總共就是十集。故事已經長到剛開始寫的時候根本無法想像。當初為了在這裡完結、在那裡完結時所準備的結局接二連三消失，故事不斷寫延續。真想不到能寫這麼多。主角橋場恭也第八集的故事就在作者的這種想法中，終於有機會表現一番。副標題正好符合劇情內容，真是感謝責編（我們的重製人生每一集的副標題，都由作者與責編相互提出候選標題後決定）。

另外也聊一聊動畫的事情。第八集的書帶應該告訴過各位，不過利用這個機會再告訴各位，已經決定在二〇二一年播映電視動畫。見到具體時期確定後，我實際感受到，終於要播映了呢。不過在面前的電視上實際放映之前，都覺得彷彿在做夢呢。在放映之前我會好好寫作，並且努力其他事情。

以下是致謝詞。感謝在新角色登場，與β線平行，以及艱難展開新劇情之際，同樣提供精美插圖的えれっと老師。以及責編T這次依然引導隨著故事推進，愈來愈難寫的原稿，非常感謝您。也感謝劇情在過去、未來與β線交錯之中，仔細地閱讀本作品的各位讀者。

話說之前，閃凡人老師一直仔細將重製人生的世界畫成熱鬧的漫畫版《重製人生》。漫畫進度也逐漸接近原作第三集的「那一段」劇情了。小說對於第一次看的讀者可能有點太長，不過看漫畫肯定能充分享受，因此各位務必要試試看。最新的第四集漫畫正好與小說第八集同時發售。

這次的後記有點短，不過我想到此為止。收看Youtube頻道『木緒なち、葉山みどチャンネル』的各位觀眾，頻道會經常聊到重製人生的話題。感興趣的觀眾歡迎訂閱頻道。

那麼我們下一集再見。祝各位身體健康。

木緒なち　敬啟

＊後記＊

✿あとがき✿

非常感謝

このたびは、購買『我們的重製人生～橋場恭也～』本書的各位讀者！

『ぼくたちのリメイク　～橋場恭也～　』を

手に取っていただきありがとうございます！

希望新角色，竹那珂小姐
含到自己睡迷糊時
跑進嘴裡的頭髮！

新キャラ・竹那珂さんには…
寝ぼけながら口に入った自分の髪の毛を
ぱくぱくしてほしい！

無防備カワイイ☆

毫無防備真可愛

2020.11
えれっと

浮文字
我們的重製人生(08)
(原名:ぼくたちのリメイク8)

作者/木緒なち　封面插畫/えれっと　譯者/陳冠安
執行長/陳君平　榮譽發行人/黃鎮隆
協理/洪琇菁　國際版權/黃令歡、梁名儀
執行編輯/呂尚燁　美術主編/陳聖義
宣傳/楊國治
出版/城邦文化事業股份有限公司 尖端出版
台北市中山區民生東路二段一四一號十樓
電話:(〇二)二五〇〇七六〇〇 傳真:(〇二)二五〇〇二六八三
E-mail:7novels@mail2.spp.com.tw
發行/英屬蓋曼群島商家庭傳媒股份有限公司城邦分公司 尖端出版
台北市中山區民生東路二段一四一號十樓
電話:(〇二)二五〇〇—七六〇〇(代表號)
傳真:(〇二)二五〇〇—一九七九
中部以北經銷/楨彥有限公司
電話:(〇二)八九一九—三三六九
傳真:(〇二)八九一四—五五二四
雲嘉經銷/智豐圖書股份有限公司 嘉義公司
電話:(〇五)二三三—三八五二
傳真:(〇五)二三三—三八六三
南部經銷/智豐圖書股份有限公司 高雄公司
電話:(〇七)三七三—〇〇七九
傳真:(〇七)三七三—〇〇八七
一代匯集/香港九龍旺角塘尾道六十四號龍駒企業大廈十樓B&D室
電話:(八五二)二七八三—八一〇二
傳真:(八五二)二七八二—一五二九
馬新經銷/城邦(馬新)出版集團 Cite(M)Sdn.Bhd.
E-mail:Cite@cite.com.my
法律顧問/王子文律師 元禾法律事務所
台北市羅斯福路三段三十七號十五樓
二〇二三年一月一版一刷

BOKUTACHI NO REMAKE Vol.8 : HASHIBA KYOYA
© Nachi Kio 2020
First published in Japan in 2020 by KADOKAWA CORPORATION, Tokyo.
Complex Chinese translation rights arranged with
KADOKAWA CORPORATION, Tokyo.

■中文版■

郵購注意事項:
1. 填妥劃撥單資料:帳號:50003021戶名:英屬蓋曼群島商家庭傳媒(股)公司城邦分公司。2. 通信欄內註明訂購書名與冊數。3. 劃撥金額低於500元,請加附掛號郵資50元。如劃撥日起 10～14日,仍未收到書時,請洽劃撥組。劃撥專線TEL:(03) 312-4212 ・ FAX:(03) 322-4621。E-mail:marketing@spp.com.tw

國家圖書館出版品預行編目資料

我們的重製人生 / 木緒なち 作 ; 陳冠安 譯.--1版.
--臺北市：尖端出版, 2023.01
面 ; 公分.--(浮文字)
譯自:ぼくたちのリメイク
ISBN 978-626-356-036-9(第8冊：平裝)

861.57 111020057